Michel
et la preuve
par sept

Georges Bayard

Michel et la preuve par sept

Illustrations de Philippe Daure

HACHETTE
Jeunesse

SÉRIE *MICHEL* DANS LA BIBLIOTHÈQUE VERTE

Michel entre deux feux
Michel et les routiers
Michel et le rapport secret
Michel fait un rallye
Michel poursuit des ombres
Michel à la fontaine du Diable
Michel et les castors du Rhône
Michel et les casseurs
Michel chez les trotteurs
Michel à Rome
Michel et la voiture fantôme
Michel et le trésor perdu
Michel chez les gardians
Michel et la falaise mystérieuse
Michel et monsieur X
Michel fait mouche
Michel fait surface
Michel mène l'enquête
Michel connaît la musique

Hachette, 79, Boulevard Saint-Germain, 75006 Paris

A mon grand ami
Gérald Sotron
en attendant qu'il
devienne à son tour
un écrivain.
G.B.

1

La route serpentait vers le col. Un col d'à peine cinq cents mètres. Des bosquets de chênes noueux, rabougris bordaient les deux côtés de la chaussée, sur des talus escarpés.

Trois jeunes gens d'une quinzaine d'années roulaient en file indienne et pédalaient pour aider leurs vélomoteurs. De grosses sacoches rebondies, surmontées de sacs et de paquets, flanquaient les porte-bagages.

Un grand brun, dégingandé, qui se trouvait en tête, mima un sprint éperdu en arrivant au sommet.

« A moi la prime ! s'exclama-t-il. Et le maillot blanc à pois rouges[1] ! »

Il mit pied à terre, tout en restant assis sur sa selle. Les deux autres l'imitèrent lorsqu'ils parvinrent à sa hauteur.

« Ouf ! soupira un garçon blond, aux joues rondes, empourprées. Nous sommes presque arrivés !

— Tu me déçois, Daniel ! protesta le grand brun. Tu n'es pas béat d'admiration devant un tel paysage ? »

D'un geste exagérément grandiloquent, il désignait un immense cirque de verdure, cerné par des collines et des montagnes, qui s'étendait devant eux.

« Arthur, ne te moque pas de Daniel, mon vieux, intervint le troisième, un brun aux cheveux légèrement ondulés. Tu oublies qu'il a mal dormi, cette nuit ! Pour lui, c'est une catastrophe !

— C'est bien vous deux qui avez eu l'idée de prendre ce train de nuit, riposta Arthur. Sous prétexte que nous allions gagner une journée de vacances et que l'arrivée ici, le matin, ce serait formidable ! Michel, il est grand temps de mettre ton honorable cousin au lit !

— Quand vous aurez fini, tous les deux, je

1. *Maillot blanc à pois rouges* : maillot du meilleur grimpeur dans le Tour de France.

pourrai peut-être admirer le paysage en paix, non ? » protesta Daniel.

Les deux autres se turent.

En ce matin de juillet, dans les champs les râteaux-botteleurs ramassaient et pressaient le foin en balles rectangulaires qui étaient ensuite chargées sur des plates-formes tirées par des tracteurs.

Beaucoup plus loin, au nord, au-delà des collines, première amorce des Alpes, une montagne à trois pics culminait à presque deux mille mètres.

Dans la plaine, les fermes isolées se signalaient d'abord par des bouquets d'arbres et par les « cyprès de bienvenue » qui marquaient l'entrée de chaque propriété.

L'ensemble dégageait une impression de beauté calme et émouvante, qui donnait envie de flâner entre les arbres, le long des chemins et des sentiers qui se devinaient aux ondulations des haies.

Michel se ressaisit le premier.

« Bon... et si nous repartions ? Il serait temps d'arriver ! L'oncle et la tante vont finir par s'inquiéter !

— Sans compter que j'ai faim, moi ! » déclara Arthur.

Ils remirent les gaz et entamèrent une descente douce qui les amena dans la plaine.

La route s'allongeait, très droite maintenant,

jusqu'à un hameau de deux ou trois maisons que dominait une petite église.

Michel connaissait un peu Sanoys et savait que c'était une des communes les plus étendues de France, bien qu'elle ne comptât que trois cents habitants.

Arthur se porta à la hauteur de Michel.

« Tu connais le chemin ? demanda-t-il.

— Je crois qu'il faut traverser le hameau et filer tout droit. Mais je vais me renseigner au passage. »

Ils atteignirent un bouquet de tilleuls qui entourait l'église. Une maison s'élevait, un peu en retrait, précédée d'un jardin très fleuri. Elle portait à la fois la carotte rouge du bureau de tabac et une vieille enseigne dont la peinture s'écaillait : « Épicerie ».

En face, une construction neuve abritait la mairie et l'école.

« Je vais demander à l'épicière », décida Michel.

Laissant ses compagnons sur la route il approcha d'une grand-porte dont le linteau, en « anse de panier », rappelait que cette maison avait été une ferme, autrefois.

Le garçon s'était engagé dans une allée bordée d'aubrietias, de corbeilles-d'argent, bourdonnant d'abeilles matinales. Des touffes de lavande parfumaient l'air.

Sur le point d'atteindre la porte de la boutique, le garçon s'arrêta, intrigué. Une masse noire, insolite, marquait l'un des vantaux de la grand-porte. Incrédule, Michel découvrit un corbeau, crucifié, ailes déployées, sur le bois du vantail.

Il s'approcha, stupéfait. La bête était morte, mais pas depuis longtemps. Un peu de sang brillait, perles rouges sur les plumes noires.

Michel regarda machinalement autour de lui, comme s'il espérait apercevoir l'auteur de cette sinistre plaisanterie.

Arthur et Daniel, intrigués par son manège, s'approchèrent à leur tour. Un instant interloqués, eux aussi, ils restèrent silencieux, tout d'abord.

« Hé, bé, tu avais raison, Michel, plaisanta Arthur. L'arrivée ici, le matin, c'est formidable ! Sorcellerie, jeteur de sorts, tout y est ! »

Un chien aboya, dans la grange ou dans l'épicerie.

« Qu'est-ce que ça signifie ? murmura Daniel.

— J'ai vu dans un film qui s'appelait, justement, *Le Corbeau*, qu'on clouait cet oiseau sur la porte de ceux qu'on soupçonnait d'écrire des lettres anonymes », expliqua Arthur.

Un timbre clair les fit tressaillir. La porte de l'épicerie venait de s'ouvrir ; un chien-loup, oreilles dressées, jaillit en grondant.

« Caribe ! Au pied ! »

Une jeune fille blonde, élancée, très fine dans sa robe sans manche, apparut. Le chien se rangea sagement contre la jambe de sa jeune maîtresse tout en continuant à gronder.

« Vous désirez ? » demanda celle-ci.

L'embarras des garçons parut l'étonner, puis, soudain, elle aperçut le corbeau. Son visage exprima une sorte de surprise horrifiée. Elle porta une main à sa bouche, comme si elle réprimait un cri.

« C'est vous qui... ? demanda-t-elle, incapable de terminer sa phrase.

— Je viens de découvrir cette bestiole en venant chez vous, répliqua Michel. Nous arrivons tout juste. Nous nous rendons chez les Maugier. Je suis leur neveu et je voulais demander à quelqu'un comment il fallait faire pour gagner la ferme. »

Le regard de la jeune fille allait du corbeau aux trois garçons. Elle semblait incapable de remettre de l'ordre dans ses idées.

Le chien ne la quittait pas des yeux, comme s'il ressentait le trouble qui agitait sa maîtresse.

« Entrez, dit-elle enfin. Je vais enlever cette horreur. »

— Je vais le faire », dit Michel.

Il décrocha le corbeau et alla le jeter dans le fossé de la route. Il rejoignit ses compagnons et tous trois suivirent la jeune fille dans la boutique. Le chien gagna le fond du magasin, poussa une porte et disparut.

L'épicerie était en réalité une sorte de bazar où l'on trouvait un peu de tout. On avait modernisé sans excès les comptoirs en conservant le plus possible le caractère rustique de l'ensemble.

Le timbre sonna de nouveau, lorsque la jeune fille referma la porte.

« C'est toi, Cécile ? » demanda une voix féminine.

Une jeune femme, blonde elle aussi, parut à la porte de l'arrière-boutique.

« Ce sont les neveux des Maugier qui demandent le chemin pour aller à la ferme des Tuiles, maman. »

La jeune femme sourit, mais ses traits gardèrent une expression un peu lasse, chagrine même.

« Les Maugier sont des gens très sympathiques, assura l'épicière.

— Maman... il y avait un corbeau, cloué sur notre portail ! »

Le visage mobile de la jeune femme exprima la même surprise horrifiée que celle qu'avait manifestée sa fille, un instant plus tôt.

« Ça ne finira donc jamais ? » balbutia-t-elle.

Les garçons, très embarrassés, ne savaient que dire ni que faire.

La jeune femme se rendit compte de leur gêne.

« Excusez-nous, dit-elle. Cécile, indique le

chemin à ces jeunes gens. Nos ennuis ne les concernent pas. D'ailleurs, tu pourrais les conduire jusqu'aux Tuiles. Tu en profiterais pour me rapporter une douzaine de tommes sèches.

— D'accord, maman. Mais Nathalie Maugier est peut-être aux champs ?

— Il y aura bien quelqu'un à la ferme, pour attendre les cousins ! Sophie ou Florent ! »

Les trois garçons allaient prendre congé, lorsque la porte s'ouvrit et un client entra. Un homme d'une cinquantaine d'années, aux joues et au menton garnis d'une barbe brune, épaisse, les cheveux longs tombant dans le cou.

« Un vieux hippy ! » pensa Michel.

Pourtant la combinaison de toile bleue, à bretelles, évoquait davantage un mécanicien qu'un apôtre de la non-violence. Des lunettes de soleil dissimulaient ses yeux. L'homme les enleva pour regarder les jeunes gens avec une curiosité soutenue.

« Bonjour ! fit l'arrivant. Ils sont à vous les vélomoteurs surchargés qui sont devant la porte ? Vous venez camper, sans doute ? »

Le ton de la question laissait supposer que l'homme n'était pas un chaud partisan du camping.

« Non, ces garçons sont les neveux des Maugier, ils viennent en vacances aux Tuiles », expliqua Mme Ribert.

La curiosité de l'homme s'accrut, mais devint aimable.

« Chez les Maugier ? Ah bon ! De bien braves gens ! J'ai bien connu Constant Maugier. Dommage qu'il soit mort, c'était quelqu'un ! »

L'homme resta silencieux un moment, comme s'il évoquait le disparu ; puis son regard se posa sur l'épicière.

« Vous me paraissez bien émue, madame Ribert, dit-il. Rien de fâcheux, j'espère ?

— Hélas, si, monsieur Pignon ! Encore une méchanceté gratuite à notre égard ! »

Et la jeune femme raconta l'incident du corbeau crucifié, découvert par Michel. A mesure qu'elle parlait, le client manifesta sa surprise, puis son indignation.

« C'est à peine croyable ! gronda-t-il. Comment peut-on être aussi stupide ? Quelque garnement, sans doute ? »

La maman de Cécile haussa les épaules en signe d'ignorance.

« Vous avez prévenu les gendarmes, j'espère ? Il faut faire cesser ces imbécillités !

— Les gendarmes n'y pourront rien, malheureusement, soupira l'épicière. Ils ne peuvent pas monter la garde devant chez moi toutes les nuits !

— N'empêche que si on les voit faire une ronde de temps à autre cela pourrait rendre le malfaisant plus prudent ! »

Cécile se rendit compte que les trois jeunes gens s'impatientaient quelque peu.

« Je pars, maman », dit-elle.

Les garçons saluèrent l'épicière et son client et quittèrent la boutique. Ils attendirent un instant que la jeune fille sorte son vélomoteur.

Cécile Ribert ressemblait à sa mère. Elle était très jolie et sa robe soulignait une silhouette sportive. Mais ses grands yeux bleus, tout comme son visage, trahissaient son inquiétude et sa tristesse.

La jeune fille fila en tête, sortit du hameau, franchit un petit pont et, un peu plus loin, s'engagea dans un chemin empierré, serré entre des sureaux et des aulnes.

Elle parcourut ainsi presque deux kilomètres, puis elle ralentit en atteignant un gros bouquet d'arbres. Elle mit alors pied à terre et continua à avancer en poussant son véhicule.

Les garçons eurent la surprise de découvrir une ferme imposante que des tilleuls centenaires leur avaient dissimulée jusque-là. Ils pénétrèrent dans une cour sans barrière, une cour garnie de gravier, sans un brin d'herbe. Au fond, une maisonnette basse côtoyait des dépendances plus importantes.

Une chienne fauve, au ventre blanc, donna mollement de la voix, tout en regardant de temps à autre vers la maison, pour se rendre compte si son avertissement était entendu.

Immobiles au milieu de la cour, les garçons admirèrent la façade de la ferme : de vieilles pierres dorées qui s'agrémentaient du rose et du rouge de géraniums, du vert vigoureux de leurs feuilles rondes et festonnées comme des galettes. La porte de l'habitation était ouverte, défendue contre les mouches par une portière de perles multicolores.

« Il y a quelqu'un », constata Cécile.

La portière s'écarta et une jeune fille parut, très brune et très halée, vêtue d'un jean et d'une chemise à carreaux. De courtes bottes de caoutchouc accentuaient son allure un peu garçon.

Elle sourit en apercevant les arrivants, puis s'étonna visiblement de la présence de Cécile. Celle-ci comprit et expliqua :

« Ton cousin est venu à la boutique demander son chemin. Comme maman avait besoin de tommes de chèvre, j'en ai profité pour le piloter jusqu'ici, avec ses amis ! »

La jeune fille s'avança et embrassa les garçons, en leur demandant si leur voyage s'était bien passé.

« Le reste de la famille est aux foins, expliqua Sophie Maugier. J'irai les rejoindre lorsque je vous aurai installés. Mais entrez ! Vous devez avoir faim et soif ! »

Les garçons et Cécile pénétrèrent dans une grande pièce blanche, aux poutres brunes. Une grande table de noyer, polie par des années de soins attentifs, portait du pain grillé, du beurre, un pot de confiture et des bols.

« Vous voyez, je vous attendais », fit remarquer Sophie.

Comme Cécile elle était jolie. Mais on la sentait plus forte physiquement, plus énergique aussi sans doute. Son visage un peu rond, toujours souriant, annonçait un caractère enjoué.

« Tu déjeunes avec eux, Cécile ? demanda-t-elle.

— Non, merci, c'est déjà fait. Si tu veux bien me donner les fromages, je m'en irai !

— Comme tu voudras. Pendant que je sers Cécile, vous pourriez faire votre toilette, proposa-t-elle aux garçons. La salle d'eau est là, à côté. Cette porte, juste au fond. »

Les garçons obtempérèrent avec plaisir.

Lorsqu'ils eurent procédé à une toilette sommaire, Cécile prit congé de tous et s'en alla.

A table, les trois garçons attaquèrent le petit déjeuner. Sophie avait apporté un grand pot de lait fumant.

« Si vous voulez du chocolat, j'ai du cacao en poudre, dit-elle.

— Merci, le lait est trop bon ! » répondit Arthur.

Un peu plus tard Michel raconta à sa cousine l'incident du corbeau crucifié.

Sophie parut très émue par la nouvelle.

« Mon Dieu, les pauvres ! murmura-t-elle. On ne les laissera donc jamais tranquilles ?

— Tu es au courant de cette histoire ? s'étonna Michel. Pourquoi un corbeau ? »

Sophie parut songeuse un instant, avant de répondre.

« Cela fait plusieurs mois que l'affaire a commencé, dit-elle. Un peu avant la mort de grand-père Constant.

— Une affaire de lettres anonymes, sans doute ? demanda Michel.

— Oui... Plusieurs personnes du village ont reçu une lettre anonyme. Grand-père aussi, d'ailleurs. Il y a eu plainte et enquête de la gendarmerie. Une enquête qui n'a abouti à rien. Mais ça n'empêche pas certains de croire que c'est Mme Ribert, la maman de Cécile, qui est l'auteur de ces lettres.

— Pourquoi, il y a une raison ? » demanda Daniel.

Sophie haussa les épaules.

« Tu sais, les gens n'ont pas besoin de raison ou de preuve quand ils ont envie de croire ! La pauvre Cécile et sa mère en savent quelque chose.

— Mais quand même... dit Arthur.

— Il a suffi que les lettres soient postées de Valence un samedi, jour où Mme Ribert va justement dans cette ville pour réapprovisionner son magasin. Il n'en a pas fallu davantage. Or, justement, si Mme Ribert était le corbeau, elle s'y serait prise autrement. Elle est intelligente, elle n'aurait pas commis cette erreur ! »

Michel imagina quel supplice ce devait être pour Cécile et pour sa mère d'être en butte à la suspicion.

« Et, bien entendu, les gens ne vont plus se servir chez elle ? dit Arthur.

— Elle n'a presque plus de clients, en effet.

— Et l'oncle Constant, qu'est-ce qu'il en pensait ? » demanda Michel.

Chose curieuse, il eut l'impression que sa question troublait sa cousine, comme si elle éprouvait quelque difficulté à répondre.

2

Sophie parut se rendre compte de ce que son hésitation pouvait avoir de bizarre. Elle se hâta de répondre.

« Grand-père a été un des premiers et presque le seul à prendre la défense de Mme Ribert et à aider les gendarmes dans leur enquête.

— Presque le seul... cela veut dire que d'autres habitants de Sanoys ont pris le parti de l'épicière, alors ? demanda Daniel.

— Oui ! M. Leval, un journaliste de Paris et sa fille. Et puis aussi un homme qui est ici depuis quelques années, M. Pignon.

— Personne du pays, alors ? » insista Daniel.

Sophie parut réfléchir.

« Heu... peut-être pas. Il y en a bien eu deux ou trois quand même pour être du même avis que grand-père ! »

Tout en parlant, Sophie avait desservi la table, aidée par les garçons.

« Bon, si vous voulez, je vais vous montrer où maman vous a installés et j'irai rejoindre les autres aux foins.

— On peut vous aider, non ? suggéra Michel.

— Reposez-vous d'abord. On verra cet après-midi ! » répliqua la jeune fille.

Elle les entraîna vers la maisonnette aux volets clos.

« C'est la maison du grand-père Constant, dit-elle. Maman vous a installé trois lits dans la grande salle. On a préféré laisser la chambre du “Père” intacte, vous comprenez ? »

La maison comportait un couloir, sur lequel ouvraient trois portes.

« Au fond, c'est la porte du grenier, expliqua Sophie. A gauche, c'est la chambre. Votre appartement est là, à droite. »

La jeune fille alla pousser les volets et la lumière éclaira une pièce qui ressemblait assez à celle dans laquelle ils venaient de déjeuner. Elle était seulement beaucoup plus petite. Une légère odeur, un peu aigre, rappelait que la cheminée ouverte n'avait pas toujours été éteinte et qu'on y avait fait du feu pendant des années.

Un bouquet de lavande, dans un pot blanc, sur la table, souhaitait la bienvenue aux garçons.

« Nous serons très bien ici ! déclara Michel.

— En tout cas, personne ne vous dérangera ! En ce moment on se lève un peu tôt, à la ferme. Vous pourrez dormir autant que vous voudrez ! A tout à l'heure ! »

Et la jeune fille se hâta de rejoindre sa famille dans les champs.

« Curieuse, cette histoire de lettres anonymes, dans un village où les gens se connaissent ! fit remarquer Daniel.

— C'est d'autant plus pénible pour tout le monde, dit Arthur.

— C'est surtout pénible pour Cécile et Mme Ribert ! souligna Michel. Leur commerce ne doit pas marcher très fort. Pourtant, elles ont l'air gentilles toutes les deux ! »

Les garçons s'installèrent, déballèrent le contenu des sacs et des sacoches. Puis ils s'accordèrent un moment de repos, allongés sur leurs lits.

*
**

Ce fut le bruit du tracteur, ramenant à la

ferme une plate-forme chargée de balles de foin, qui tira les garçons de leur farniente.

Ils se levèrent et sortirent dans la cour.

Sophie vint à leur rencontre en compagnie de sa mère, une femme à la quarantaine un peu épanouie. Toutes deux se ressemblaient ; mêmes yeux sombres, pleins de feu, mêmes cheveux très bruns, un peu ondulés. Les neveux embrassèrent leur tante qui embrassa aussi Arthur.

« Un ami de mes neveux est aussi mon neveu ! dit-elle, avec un accent chantant. Alors, vous avez fait bon voyage ? »

Un homme assez grand, sec et nerveux, le visage hâlé encadré de cheveux drus, grisonnants, s'avança à son tour. C'était l'oncle Étienne. L'homme parla peu, manifesta pourtant sa joie de voir les garçons et pénétra à l'intérieur de la ferme.

Un jeune homme, qui avait manœuvré le tracteur pour placer la remorque à l'aplomb de la fenière, arriva enfin. Florent, le frère aîné de Sophie, était aussi grand et aussi mince que son père. On sentait en lui une force tranquille, efficace, économe des gestes.

« Vous arrivez à temps, dit-il, dans deux jours on aura fini les foins ! »

Pendant le repas, la conversation fut assez banale, jusqu'au moment où Michel raconta l'incident du corbeau. L'oncle Étienne ne fit aucun commentaire, il parut étonné, sans plus. Mais la tante Nathalie prit fait et cause pour l'épicière et manifesta son indignation devant la lâcheté de ceux qui s'attaquaient ainsi à une femme sans défense.

« Si le "Père" était encore là, il piquerait une de ces colères ! » affirma-t-elle.

Michel crut remarquer alors un étrange regard échangé par Florent et Sophie. Ce fut si rapide qu'il finit par se dire qu'il s'était sans doute trompé. Il n'y avait vraiment aucune raison pour que ses cousins mettent en doute les paroles de leur mère. Cela ne cadrait pas avec ce que Michel savait de l'atmosphère affectueuse qui régnait à la ferme des Tuiles.

L'après-midi, avant d'aller aux champs, Florent entraîna Arthur et ses cousins faire le « tour du propriétaire ».

« Il faudra vous méfier de Jules, dit-il, l'air sérieux.

— Jules ? répéta Daniel. Quelqu'un du village ? »

Florent sourit et désigna un enclos, fait de vrais troncs d'arbres écorcés. En s'approchant, les garçons aperçurent un taureau noir, vautré sur la terre battue. Un gros anneau lui traversait les naseaux.

« Voilà, c'est lui, Jules, expliqua Florent. Sept cents kilos de muscles et des cornes à embrocher trois toreros à la fois ! Mieux vaut ne jamais pénétrer dans son enclos sans quelqu'un de la famille !

– Heu... à ton avis, qu'est-ce que nous pourrions avoir à y faire, dans l'enclos ? demanda Arthur.

– Tu as raison ! répondit Florent en riant. Bon, là-bas, au fond, ce sont les étables. Une pour les vaches, nous n'en avons que six. L'autre pour les chèvres, une cinquantaine en tout avec les cabris. Pour l'instant, on tient les troupeaux à l'intérieur. Nous n'avons le temps de garder les chèvres ni les uns ni les autres ! Les foins, ça passe avant tout !

– Si tu veux, nous pourrions garder les chèvres ? suggéra Michel.

– Nous verrons... plus tard, répondit Florent. Pour l'instant nous allons faner ! »

Ils s'éloignèrent et rejoignirent la famille qui s'apprêtait à partir pour les champs.

Tout l'après-midi, les garçons aidèrent à charger les balles de foin sur la plate-forme et, au retour à la ferme, à les ranger dans la grange. Lorsqu'ils eurent terminé, la sueur leur collait à la peau la poussière et les fines particules de foin.

Ils passèrent à la douche et se retrouvèrent dans la cour à l'ombre d'un cerisier gigantesque qui protégeait un banc fait d'un tronc d'arbre équarri.

Il faisait frais en cet endroit.

Les garçons se sentaient bien. Un peu fatigués, certes, mais davantage à cause de leur nuit passée dans le train qu'à cause des efforts de l'après-midi.

Après le dîner, personne ne regarda la télévision. En cette période d'intense activité, chacun était pressé d'aller se coucher.

*
**

Michel se retourna sur son lit, vaguement agacé. Il n'avait aucune notion de l'heure. Il s'était endormi presque aussitôt couché.

Il finit par s'éveiller complètement, l'esprit cotonneux mais l'oreille tendue. L'odeur un peu aigre qui régnait dans la pièce acheva de lui rappeler l'endroit où il se trouvait.

« Qu'est-ce qui a bien pu me réveiller ? » se demanda-t-il.

Il pensa tout d'abord que dans une ferme, où vivaient tant d'animaux divers, les bruits nocturnes ne devaient pas manquer. Et c'était sa première nuit, il n'avait pas encore l'habitude.

Il se prépara à se rendormir.

Un craquement, au-dessus de sa tête, puis un autre le firent se redresser sur son lit.

« On dirait que quelqu'un marche là-haut. »

Il trouva cette idée stupide. Qui pouvait

bien s'intéresser, en pleine nuit, au grenier de la vieille maison ? Et puis, pour y accéder, il aurait fallu pénétrer dans la bâtisse, longer le couloir, gravir l'escalier...

« Difficile de faire ça sans bruit », se dit le garçon.

Une fois de plus, il essaya de se détendre pour trouver le sommeil.

« Après tout, j'ignore ce qui m'a réveillé, c'est peut-être, justement, le bruit dans le couloir ou dans l'escalier ! »

Les craquements avaient cessé. Pourtant, un peu plus tard, Michel eut l'impression que l'on traînait quelque chose de léger sur le vieux plancher.

« Il y a sans doute un habitant, là-haut, se dit-il. Un hibou, ou quelque autre animal de ce genre ? Un chat, peut-être ? »

Pourtant, il n'était pas convaincu. De plus, la persistance de ces bruits furtifs l'agaçait.

Excédé, il se redressa, chercha à tâtons sa lampe de poche. Lorsqu'il eut allumé celle-ci, il consulta sa montre-bracelet à côté du lit.

« Minuit et demi ! »

En grommelant il chaussa ses espadrilles et en tamisant la lumière de ses doigts, gagna le couloir. Il referma doucement la porte et s'avança vers le fond. Il tira lentement à lui la porte du grenier, mais ne put empêcher les gonds de grincer.

« Aïe, pensa-t-il, en fait de surprise... »

Il rit silencieusement en se disant qu'un hibou ou un chat se moquaient bien du grincement d'une porte.

Il gravit les marches, une à une, s'arrêtant chaque fois pour tendre l'oreille. Il crut percevoir le glissement léger qui avait suggéré qu'on traînait quelque chose sur le plancher du grenier.

« J'ai l'air fin, moi, se dit-il. J'invente des ruses de Sioux pour trouver quoi ? »

Il n'avait plus que deux marches à franchir, lorsque son pied glissa sur un nez de marche arrondi, usé par le temps, et Michel lâcha sa lampe qui fila dans le grenier et s'éteignit après un beau vacarme.

« Je suis complètement idiot ! se dit Michel, en frottant son genou droit, endolori dans la chute. Et maintenant, c'est le noir complet ! »

A quatre pattes, il continua à monter et

atteignit le plancher du grenier. Il tâtonna pour tenter de retrouver sa lampe, sans grand espoir.

Il n'y avait pas deux minutes qu'il avait pénétré dans le grenier qu'il entendit grincer la porte du bas. Il se redressa, en alerte, mais la lumière d'une lampe le rassura.

« C'est toi, Arthur ? demanda-t-il à voix basse.

— C'est toi qui fais tout ce boucan ? » répliqua l'interpellé.

Michel expliqua ce qui s'était passé : les craquements, les bruits étranges et enfin sa chute et la perte de sa lampe.

Celle-ci fut retrouvée facilement.

A la lumière de la torche d'Arthur, les deux amis examinèrent le grenier. Il ne recélait que quelques caisses, un vieux coffre, une armoire ancienne en mauvais état et des vêtements suspendus sur des cintres à une corde tendue. Robes de femme, manteaux, eux aussi gris de poussière. Contre le mur de côté, dans lequel la maçonnerie de la cheminée était visible, se dressait une étagère de bois blanc poussiéreuse, vide, à l'exception d'une boîte de conserve rouillée.

Arthur, machinalement, examina celle-ci et la remit à sa place.

« J'ai bien l'impression que tu as rêvé ! constata Arthur. Ou alors tu as entendu un animal que tu as fait fuir en montant.

— Va pour l'animal, mais je suis sûr de ne pas avoir rêvé !

— Bon et si on allait se recoucher ? suggéra Arthur.

— Rien de mieux à faire, en effet ! »

Après un dernier coup d'œil, les deux camarades descendirent l'escalier et refermèrent la porte de celui-ci.

Ils se recouchèrent. Ils n'avaient pas encore éteint leurs lampes qu'ils entendirent tomber un objet léger dans le grenier. Ils tendirent l'oreille, mais aucun autre bruit ne fut perceptible.

Ils finirent par s'assoupir, un peu plus tard. Et cette fois, Michel comme Arthur devaient dormir suffisamment fort. En effet, la porte de l'escalier grinça à nouveau sans que ni l'un ni l'autre ne l'entende !

***

Le lendemain matin, ce fut l'aboiement d'un chien qui éveilla Michel, puis Arthur.

Tous deux se retrouvèrent dans la cour où régnait un peu de fraîcheur. Ils allèrent se passer la figure à l'eau du bassin où coulait continuellement le filet d'une source.

Ils luttèrent pour rire afin de se mettre en forme.

« J'irais volontiers faire un tour au grenier,

déclara Michel. Son habitant doit bien laisser des traces ?

— Tu vas tomber sur un gros rat, solitaire, retiré du monde dans un énorme fromage, affirma Arthur.

— Je me demande si je dois parler de l'incident aux cousins, murmura pensivement Michel. Ils vont se moquer de nous, non ?

— Peut-être. Attends de savoir ce qui se passe vraiment dans ce grenier.

— On y va ? Avant de prendre notre douche, cela vaudra mieux à cause de la poussière ! »

Ils regagnèrent la maison et gravirent l'escalier.

Par une fenêtre à tabatière poussiéreuse et tendue de toiles d'araignée, un faible rayon de lumière éclairait l'endroit. Les garçons n'en allumèrent pas moins leurs lampes électriques.

Il était visible qu'un animal pouvait pénétrer dans le grenier et en sortir assez facilement. Il existait suffisamment de passages entre les poutres et les murs d'appui.

Les garçons examinèrent les sablières, c'est-à-dire les poutres posées à plat sur l'arête des murs pour supporter l'armature du toit. La poussière y était intacte, ne portait nulle trace d'un passage, fût-ce d'une souris.

« Il va falloir que nous nous accoutumions à la présence d'un locataire, la nuit ! » constata Arthur.

Michel ne lui répondit pas. Depuis un moment, il s'était approché du mur contre lequel se dressait l'étagère.

« Viens voir, Arthur, dit-il, il y a quelque chose de curieux, par ici ! »

L'interpellé s'approcha.

« Tu vois, la boîte de conserve, tu ne remarques rien ? » demanda Michel.

Arthur s'empara de l'objet.

« Heu... elle est toujours aussi vide et aussi rouillée.

— Bien sûr, mais ce n'est pas ça qui m'étonne ! Rappelle-toi, la nuit dernière... Où était-elle, cette boîte ? »

Arthur réfléchit.

« Sur l'étagère, pardi... mais... tu as raison... je viens de la prendre sur la sablière...

— Donc, elle s'est déplacée toute seule... ou alors, quelqu'un l'a déplacée... mais alors pourquoi... *et qui* ? »

Arthur et Michel restèrent pensifs un moment.

Puis Arthur manifesta soudain une vive curiosité pour l'étagère.

« Hé ? Tu as vu ? Ça c'est bizarre ! »

Il s'était accroupi et Michel l'imita, se demandant ce que son camarade avait découvert.

3

Tout d'abord, Michel ne vit pas ce qui pouvait bien motiver la curiosité d'Arthur. Puis il découvrit d'étranges rayures, assez fines, dans le plancher vétuste. Ces rayures n'auraient sans doute eu rien de remarquable si elles n'avaient été courbes et si elles n'étaient parties d'un angle de l'étagère.

Elles s'arrêtaient à environ un mètre de celle-ci.

« Tu as compris ? demanda Arthur.

— Je crois, oui, encore que ce soit bien invraisemblable !

— L'étagère doit pivoter et le dernier qui l'a fait tourner a éprouvé le besoin de déplacer la boîte de conserve...

— Parce qu'elle est tombée ? Pourtant, il n'y avait personne, cette nuit, quand nous étions ici ?

— Personne... de visible, d'accord... mais cette étagère tournante dissimule peut-être une cachette ? »

Michel était prêt à admettre bien des choses, mais que l'on puisse venir se cacher, à minuit, dans un grenier, avait de quoi intriguer.

« Vérifions d'abord pourquoi l'étagère tourne », dit-il.

Il empoigna le montant vertical du petit meuble et tira. Rien ne se produisit.

« Il doit y avoir un système de blocage », suggéra Arthur.

Il examina les planches et, à l'intérieur, assez bien dissimulé sous un rayon, un gros clou plus qu'à demi engagé dans un trou. Une fois le clou tiré — un clou de plus de dix centimètres de long — , l'étagère céda et se détacha du mur. Il fallut la soulever légèrement pour lui permettre de tourner. Et à mesure qu'elle s'éloignait du mur, les garçons purent apercevoir une cavité.

« Et voilà ! constata Arthur. Le trésor de ton grand-oncle !

— Peut-être pas, mais sûrement son secret !

— Son secret ? et pourquoi donc ?

— Parce que, mon vieux, on ne peut pas avoir aménagé ce réduit sans qu'il l'ait su, lui qui habitait la maison. C'est même peut-être lui qui l'a construit !

— Tu dois avoir raison. Mais alors, qui éprouve le besoin de venir ici nuitamment ?

— Nuitamment, comme tu dis ! Sûrement pas quelqu'un de la famille ! Étant chez eux, tes cousins ne se gêneraient pas pour monter au grenier en notre présence ! »

Les garçons avaient ouvert l'étrange porte au maximum. Pourtant, ils hésitaient à pénétrer dans le réduit. Il s'agissait certainement d'un secret de famille, le secret des Maugier. Et ils se sentaient un peu gênés à l'idée de commettre une indiscrétion.

« Tu sais ce que nous allons faire ? demanda Michel.

— Non... tu vas me le dire !

— Nous allons refermer la porte-étagère. Puis je raconterai à Sophie et à Florent l'incident de cette nuit, les bruits qui m'ont réveillé. Je verrai bien leur réaction. S'ils connaissent l'existence de cette cachette, ils m'en parleront sans doute. Sinon...

— Sinon ?

— Là, je suis embarrassé ! Est-ce que je dois leur apprendre ce que nous avons découvert ?

— Euh... évidemment c'est délicat. S'il

s'agit d'un secret, ils ne tiendront peut-être pas à te le faire partager ? Même s'ils connaissent ce truc ! »

A ce moment-là, une voix cria, dans la cour :

« Michel, Arthur, Daniel ! Il est l'heure de déjeuner ! »

Les garçons réagirent vivement. Ils refermèrent la porte, mirent le clou en place et se hâtèrent de descendre. Bien leur en prit. Ils n'avaient pas regagné leur chambre depuis une minute qu'on frappait à la porte.

« A table, paresseux ! cria Sophie.

— On arrive ! On arrive ! répondit Michel.

— Hein quoi, qu'est-ce qui se passe ? demanda Daniel, enfin éveillé par le tumulte.

— A la douche, mon vieux, et en vitesse ! Il est breakfast moins cinq à l'horloge de l'oncle et de la tante !

— Bouhouhou... je dormais si bien... quelle heure est-il ?

— Il est plus tard que tu ne crois ! dit Michel. Grouille, mon vieux, grouille ! »

La mine complètement ahurie de Daniel, ses joues encore marquées par des lignes rouges, traces des plis de l'oreiller, amusèrent ses compagnons qui se hâtèrent de s'habiller.

« Z'avez pris votre douche, vous ? demanda Daniel.

— Non, ablutions à la fontaine ! La douche on verra plus tard ! » répliqua Michel.

Les trois garçons sortirent. Daniel fit un crochet par la fontaine et se rafraîchit rapidement.

Ils retrouvèrent la famille à table, devant le copieux petit déjeuner habituel.

On échangea les questions et les réponses attendues sur la qualité du sommeil de chacun. Puis le silence régna lorsque tous attaquèrent les énormes tartines beurrées.

Dora, la chienne, donna de la voix.

« Tiens, quelqu'un, constata Étienne Maugier. Mais quelqu'un qu'elle connaît ! »

Nathalie se leva pour aller jusqu'à la porte.

« C'est M. Leval, dit-elle. Il est à court de fromages !

— Un Parisien, expliqua rapidement Sophie à ses cousins. Il a acheté une maison au village, il y a deux ou trois ans. Un journaliste, je crois. Mais il a quitté le journalisme et il écrit, je ne sais pas trop quoi ! »

Les garçons virent entrer un homme, barbu et moustachu, très brun et possédant un certain embonpoint. Son regard était masqué en partie par des lunettes à verres épais et légèrement teintés. Il pouvait avoir la cinquantaine.

« Ne vous dérangez pas pour moi, surtout ! s'écria-t-il en constatant que tout le monde était à table. Vous déjeunez de bonne heure ! Moi, justement, je venais chercher mon déjeuner !

— Si le cœur vous en dit ? suggéra Nathalie en montrant la table servie.

— Ce n'est pas pour vous refuser, madame Maugier, mais j'ai mes habitudes et vous verrez qu'avec l'âge, les habitudes on les change difficilement ! J'aime bien déguster une tomme sur ma terrasse, devant la vallée de Roubion, avec une gousse d'ail et un oignon blanc ! »

Puis, constatant la présence des garçons, il ajouta :

« Mais vos neveux sont arrivés ! Vous n'allez pas manquer de bras, pour les foins ! La récolte est bonne, cette année, à ce que j'ai entendu dire ?

— Très bonne, même, assura Étienne. Pour une fois, on peut être content !

— Tant mieux. Nelly aurait bien voulu vous aider, mais elle s'est foulé le poignet, l'autre jour, son vélomoteur a dérapé. Elle revenait de chez cette bonne Mme Ribert. Il paraît que des garnements ont accroché un corbeau sur la porte de sa grange ?

— On sait que ce sont des garnements ? » demanda Nathalie, étonnée.

M. Leval la regarda.

« Qui voulez-vous que ce soit en dehors de garnements irresponsables ? »

Nathalie ne parut pas convaincue, mais elle ne dit rien. Elle alla chercher un rouleau de tommes de chèvre et le donna au visiteur. Celui-ci paya.

« J'espère que ces jeunes gens viendront me rendre visite, dit-il. Si l'histoire du pays les intéresse, j'ai quelques documents.

— Nous n'y manquerons pas, monsieur », déclara Michel.

L'homme s'en alla.

« Il est sympathique, non ? demanda Arthur.

— Oui, il n'est pas fier, pour un Parisien, dit Florent. Nelly aussi est sympathique.

— Et jolie, ce qui ne gâte rien ! » assura Sophie, un peu malicieuse.

Le repas terminé, tous aidèrent à desservir la table et se retrouvèrent assis sur une plate-forme remorquée par un tracteur que l'oncle Étienne conduisait.

La campagne s'animait déjà. Le temps était propice et il fallait en profiter pour mettre le précieux foin à l'abri d'un orage toujours possible.

Michel n'avait pas résolu son problème : devait-il ou non parler de sa découverte à ses cousins, ou à son oncle et à sa tante ?

Pendant un long moment, Michel fut trop occupé à « crocheter » les balles de foin, avec un fort crochet muni d'une poignée, pour penser à autre chose. Puis, l'automatisme venant avec l'habitude, il profita de ce qu'il se trouvait avec Sophie pour lui parler des bruits qu'il avait entendus la nuit précédente.

La jeune fille parut étonnée, troublée, même. Pendant un moment, elle parut incapable d'articuler une parole.

« Tu es certain... d'avoir bien entendu ? finit-elle par demander.

— Tu penses ! Comme ça durait, je suis même monté au grenier, en pleine nuit ! »

Sophie le regarda intensément, oubliant de crocheter la balle de foin.

« Et tu as aperçu quelqu'un... ou quelque chose ? demanda-t-elle.

— Non, justement. J'ai cru que c'était un animal !

— C'est sûrement ça. Il y a beaucoup d'écureuils en ce moment, autour de la ferme. Et en t'entendant monter, il ne t'a pas attendu, tu penses ! »

Michel se sentit très gêné de ne pas parler du réduit découvert ce matin-là, avec Arthur. Mais puisque sa cousine n'en parlait pas...

« En somme, tu n'as pas si bien dormi que tu le disais, constata celle-ci.

— Oh ! si, j'ai très bien dormi... avant et après !

Sophie ajouta, l'air un peu anxieuse :

« Et c'est tout ce que tu as entendu ?

— Hé oui... tu crois qu'il y avait autre chose à entendre ? »

La jeune fille secoua la tête, en rougissant un peu, et répondit très vite :

« Oh ! non, bien sûr ! »

Ils se remirent à l'ouvrage. Michel ne put s'empêcher de trouver la réaction de sa cousine un peu étrange. Il aurait juré qu'elle attachait de l'importance au fait que Michel ait entendu les bruits ! Comme s'il s'agissait d'un secret...

Mais le travail l'accapara et pendant le reste de la matinée, ils ne parlèrent plus de l'incident du grenier.

***

La journée s'écoula rapidement. Les Maugier et leurs aides s'étaient activés de telle sorte qu'il ne restait plus qu'un champ à finir pour le lendemain.

Le repas du soir fut vite expédié. Les parents allèrent se coucher de bonne heure. Florent, Sophie et les trois garçons se retrouvèrent sur le banc, à côté de la fontaine, à l'abri du cerisier géant.

Un moment de gêne préluda à la conversation. Michel avait l'impression de connaître un secret de famille. Jusqu'à quel point son cousin et sa cousine pourraient-ils admettre l'indiscrétion commise, sans réellement le vouloir, par Arthur et par lui ?

Ce fut Florent qui fit allusion aux incidents.

« Sophie m'a raconté ce qui t'est arrivé, Michel dit-il. Si ces bruits se reproduisent, il faudra que je mette un piège dans le grenier.

— Un piège ? s'exclama Sophie. Pauvre bête... si c'est un écureuil, tu te rends compte ?

— Je n'ai pas dit un piège à tuer. Simplement une cage truquée qui nous permettrait d'attraper la bête et de la transporter au loin, qu'elle laisse les cousins en paix ! »

Michel éprouva une impression curieuse. Sophie et Florent ne semblaient pas parler sur un ton naturel. On aurait pu penser qu'ils jouaient une comédie.

« Pourquoi ? se demandait-il. Ils n'ont aucune raison ! »

Il chercha un moyen de leur tendre une sorte de piège, à son tour, pour voir leur réaction.

Il réfléchit un bon moment et finit par trouver.

« Il va bien falloir qu'ils me disent la vérité », se dit-il.

4

Michel attendit un moment, puis il demanda d'un air innocent :

« Le grand-oncle Constant n'a jamais été dérangé, la nuit, par des bruits de ce genre ? On dit que les vieilles personnes ont le sommeil léger ? »

Florent et Sophie échangèrent un regard surpris, comme si la question les prenait de court.

« Heu... le "Père" ne nous a jamais parlé de ça, dit enfin Florent, visiblement mal à l'aise.

— Non, jamais, insista Sophie.

— Je ferai ce que j'ai dit, je mettrai un piège, puisque ces bruits vous dérangent », ajouta son frère.

Michel était à peu près certain que tous les deux avaient réagi avec une gêne visible. Comme si, au départ, ils n'avaient pas su comment répondre.

« Tu sais, il ne faut pas que cela t'ennuie ! assura Michel. Le piège peut attendre ! »

La conversation se poursuivit ainsi, sur les bêtes nuisibles, tout d'abord, et les moyens de s'en débarrasser, puis Sophie et Florent déclarèrent qu'il était l'heure de se coucher, après une journée de travail harassant.

Michel, Arthur et Daniel gagnèrent leur chambre.

« Il existe un mystère dans cette maison, déclara Michel. Florent et Sophie ont l'air de cacher quelque chose. Les bruits de la nuit ne semblent pas tellement les surprendre.

— Tu crois que l'un ou l'autre viendrait dans le grenier en cachette ?

— Je n'irai pas jusque-là, mais je suis certain qu'il y a quelque chose... »

Les garçons se couchèrent. Un instant, Michel avait été tenté d'instaurer un tour de garde, pour élucider le mystère du grenier, mais il se dit que si ses cousins avaient une raison qu'il ignorait pour se rendre dans le réduit, il ne pouvait pas risquer de les placer dans une situation embarrassante en les surprenant.

***

Les craquements ne se reproduisirent pas, cette nuit-là. Ou du moins Michel dormit-il assez bien pour ne pas les entendre s'il s'en était produit.

Les garçons participèrent le matin au ramassage des dernières balles de foin.

L'après-midi, Florent et Sophie les entraînèrent dans la visite des ruines du château. Celui-ci, un château fort démantelé, dressait encore quelques pans de murs au-dessus du vieux village — qui ne comptait qu'une rue flanquée d'une demi-douzaine de maisons, autrefois abandonnées et devenues depuis peu les résidences secondaires de gens amoureux du pays. Michel remarqua une de ces maisons, particulièrement soignée.

« Ce sont des Anglais, expliqua Sophie. Les Benhog, je crois ! »

Une fois sur le piton rocheux, on découvrait trois vallées, dont autrefois le château gardait les accès. Michel et ses compagnons apprécièrent cette excursion qui leur permit d'apercevoir une grande partie du territoire de la commune. L'air était vif, là-haut. Les jeunes gens s'assirent à l'abri d'un pan de mur.

Michel constata que Sophie et son frère manifestaient une étrange agitation, une sorte de fébrilité. Sans doute était-ce l'influence du cadre majestueux, Michel s'attendit à un événement d'importance. Ce fut Florent qui prit la parole.

« Sophie et moi, dit-il, nous avons quelque chose à vous confier, les cousins. Seulement, on voudrait, sans vouloir vous vexer, que vous nous promettiez le secret ! »

Michel échangea avec Arthur et Daniel un regard entendu. Il ne s'était pas trompé. Ses cousins avaient un problème.

« Tu n'es pas obligé, commença Michel.

— Ça vaut mieux, déclara Florent, et vous pourrez nous aider, sans doute.

— C'est au sujet des craquements qui t'ont réveillé, Michel, intervint Sophie. C'était moi qui étais dans le grenier !

— Nous nous en sommes un peu douté, reconnut Michel. Vous mentez très mal, les cousins, et votre histoire de piège était curieuse... »

Florent, un instant soucieux, prit le parti de sourire.

« A vrai dire, votre arrivée nous a un peu embarrassés, reconnut-il. Nous avons été stupides de ne pas vous dire la vérité tout de suite. Mais, pour nous, c'était un secret, la conséquence d'une promesse faite au grand-père Constant sur son lit de mort ! »

Michel constata la gravité soudaine de son cousin.

« Au sujet de la cachette, derrière l'étagère du grenier ? » demanda-t-il.

Sophie et Florent sursautèrent.

« Ainsi, vous avez découvert la cachette ? s'exclama Florent. Vous avez fait vite. Il nous a fallu deux mois, à Sophie et à moi ! Comment avez-vous deviné aussi vite ?

— A cause de la boîte de conserve que Sophie a dû faire tomber, l'autre nuit. Elle l'a replacée sur la sablière au lieu de la remettre sur l'étagère. Et puis, les traces de frottement sur le parquet.

— Je vois, dit Florent. Quand nous avons commencé nos recherches, il n'y en avait pas. Le grand-père devait soulever l'étagère et la faire pivoter sans laisser de traces.

— Parce que la cachette, c'était le secret du grand-oncle Constant ? demanda Daniel.

— Oui, dit Sophie.

— Et nous avons peur que ce secret ne soit pas très beau », avoua Florent.

Un silence gêné suivit cet aveu. Que pouvait bien receler le réduit du grenier qui pût embarrasser à ce point le frère et la sœur ? Michel fut sur le point de demander à Florent de ne pas aller plus loin. Mais il se souvint que son cousin avait parlé d'une aide dont il avait besoin.

« De toute manière, nous en avons discuté, Sophie et moi, dit Florent, et nous avons conclu qu'il valait mieux vous mettre au courant. Parce que nous ne savons plus que penser. C'est à propos de l'affaire des lettres anonymes... celle du corbeau et de Mme Ribert. »

Michel et ses compagnons étaient loin de s'attendre à ce que l'incident des craquements dans le grenier les ramenât à cette histoire.

« Cela fait plusieurs mois que cette affaire dure, expliqua Florent. Comme vous le savez, un certain nombre de gens ont reçu une lettre anonyme. Le grand-père Constant aussi. Et, presque tout de suite, on a accusé la nouvelle épicière du village, Mme Ribert, d'être l'auteur de ces lettres. Sophie vous l'a expliqué, je crois.

— Oui, le jour de notre arrivée, dit Daniel.

— Bon, je passe... le grand-père est mort, un peu plus tard. »

Michel se souvint qu'en effet, ses parents avaient fait le voyage pour assister aux obsèques de Constant Maugier, le frère de Mme Denise Thérais, grand-mère paternelle de Daniel et de Michel.

« C'était l'après-midi, la veille de la mort du "Père", reprit Florent. Cela faisait bien une dizaine de jours qu'il était au lit et il s'affaiblissait de plus en plus. "*La lampe commence à manquer d'huile,* disait-il en souriant. *Elle ne va pas tarder à s'éteindre !*" Vous n'imaginez pas comme c'était bizarre, de voir cet homme si fort, si énergique, qui n'avait jamais été malade, allongé là, sans forces. Sophie et moi nous lui faisions la lecture, des journaux ou d'un livre. Mais à la fin, même le fait d'écouter le fatiguait. Il parlait de moins en moins. Donc, cet après-midi-là, Sophie était au C.E.S. ; les parents étaient aux champs. J'étais seul, avec lui. Il a ouvert les yeux et d'un faible mouvement de la main m'a fait signe d'approcher. "*Écoute,* m'a-t-il dit, *promets de ne rien dire à personne !*" J'ai été surpris bien sûr et j'avais la gorge serrée. D'autant plus que le grand-père parlait très faiblement, d'une voix rauque, essoufflée. C'était très difficile de comprendre les mots qu'il prononçait. J'ai promis, bien entendu. Il a souri et a serré ma main entre ses doigts. Il a ajouté, péniblement : "*Pour toi et pour Sophie... dans le grenier... pas pour les autres... dans le grenier !*" Il a ajouté encore quelque chose que j'ai été inca-

pable de comprendre. Il a répété : “*Pour vous, dans le grenier !*” En même temps, il me regardait d’une façon extraordinaire, comme s’il espérait me faire comprendre à tout prix. J’ai fait signe de la tête, pour dire oui. Il a fermé les yeux, il a souri, parce que le fait d’avoir parlé l’avait soulagé. J’aurais bien aimé qu’il s’expliquât davantage, mais il s’était endormi, ou du moins il gardait les yeux fermés, sans plus rien ajouter. Je crois qu’il n’a plus dit un mot, jusqu’à sa mort, le lendemain... »

Florent s’interrompit, la gorge serrée par l’émotion.

« Quand j’ai raconté l’histoire à Sophie, reprit-il d’une voix lasse, nous étions loin de nous douter de ce que nous allions trouver dans le grenier. Au début, c’était presque un jeu. On a fouillé les caisses, le coffre, même la doublure des vêtements suspendus. On a examiné tous les trous dans les murs, toutes les pierres. Même les lames de parquet. Sans compter que j’avais promis le secret. Alors que ni Sophie ni moi n’avions jamais rien caché aux parents ; voilà que la promesse faite au “Père” nous oblige à des cachotteries !

— Et pourtant... tu nous en parles, à nous ! ne put s’empêcher de dire Michel.

— Hé oui ! Seulement, quand tu auras vu ce que nous avons fini par trouver, dans la cachette, tu comprendras qu’il valait mieux, de toute façon, que ni maman ni papa ne sache rien avant que le mystère ne soit élucidé ! J'ai bien peur, si nous ne nous trompons pas, que papa en particulier, n'ait beaucoup de chagrin ! »

La curiosité des garçons en fut piquée au vif. Mais il leur fallait attendre que Florent s'expliquât.

« Nous allons redescendre à la ferme, dit celui-ci. Je vous montrerai ce que nous avons découvert et vous nous direz ce que vous en pensez ! »

***

Pendant le retour, les jeunes gens parlèrent peu. Le chemin étroit les obligeait à marcher à la queue leu leu. Ils retrouvèrent leurs vélomoteurs à l'entrée du vieux village.

En passant devant la maison des Benhog, ils en virent sortir une femme sans âge défini, les cheveux frisottés, le teint hâlé des villageoises.

« Bonjour, madame Périni ! cria Sophie. On se promène ? »

L'interpellée parut surprise et elle ne parvint à sourire qu'après un temps de retard.

« Ah, c'est toi, Sophie ! Eh bien, dis voir, tu ne manques pas de garçons !

— Ce sont nos cousins, répliqua Florent.

— C'est beau la famille ! s'exclama Mme Périni. C'est quand on vit seule, comme moi, qu'on s'aperçoit que la vie n'est pas gaie ! »

Puis, assez brusquement, elle enfourcha rapidement son vélomoteur et s'éloigna.

Michel, Daniel et Arthur regardèrent Florent et Sophie pour voir leur réaction.

« Elle n'est pas un peu... bizarre ? demanda Arthur.

— Bizarre, non, pas exactement... expliqua Sophie. C'est la gouvernante d'un homme qui s'est installé au pays il y a longtemps déjà, M. Pignon.

— Un barbu, à cheveux longs ? demanda Michel. Un vieux hippy... Il se trouvait à l'épicerie le matin de notre arrivée.

— Un vieux hippy, ce n'est pas mal trouvé ! reconnut Florent. Il n'y a pas longtemps, d'ailleurs, qu'il a laissé pousser barbe et moustache ! Peut-être pour ressembler à M. Leval ?

— Pour en revenir à Cora Périni, reprit Sophie, c'est une vieille demoiselle qui a l'air de regretter son célibat. Vous avez entendu comme elle m'a fait remarquer que je ne manquais pas de garçons ? Maman disait l'autre jour que Cora estimait beaucoup son patron et qu'elle ne désespérait pas de devenir un jour "Madame Pignon" ! Il paraît que

Pignon n'arrête pas de lui faire des compliments sur sa façon de tenir sa maison ! »

Les jeunes gens continuant leur chemin regagnèrent bientôt la ferme.

Avant de monter dans le grenier, Florent se rendit dans sa chambre et revint, tenant à la main des feuilles de papier. Il rejoignit les autres dans la maisonnette.

« Voilà, dit-il, regardez et dites-moi ce que vous en pensez ! »

Les trois garçons examinèrent quatre pages couvertes d'une écriture assez étrange. Il leur fallut un certain temps pour comprendre qu'on avait utilisé un porte-plume d'autrefois pour tracer ces pleins et ces déliés. Une sorte de brouillon où des phrases étaient répétées, modifiées parfois. Mais une formule, surtout, retint l'attention de Michel et de ses compagnons. « *Un ami qui vous veut du bien !* »

L'évidence s'imposait. Pourtant, ni Michel, ni Daniel, ni Arthur n'osèrent la formuler.

Michel se risqua pourtant à proposer :

« On dirait des lettres anonymes, murmura-t-il pensif. Celles que l'oncle Constant a reçues, peut-être ? »

Ni Florent ni Sophie ne répondirent sur le moment. Ils semblaient au supplice.

« Je voudrais bien que ce soit ça ! » murmura enfin Florent.

Michel se demanda ce que ce regret signifiait. Il avait bien une idée, mais il n'osait pas l'exprimer. Elle lui semblait complètement invraisemblable et surtout... *monstrueuse*.

5

Sophie intervint.

« Nous avons pensé la même chose, dit-elle. Mais vous voyez bien que ce sont des brouillons. Et puis, la lettre reçue par le “Père”, tout le monde l'a lue dans la famille. On l'accusait d'avoir fait mourir sa femme au travail et de diriger la famille comme un dictateur. Alors, tu comprends, nous ne savons plus que penser, Florent et moi ! »

Michel devinait les craintes de son cousin. Si ces feuilles étaient des brouillons — et toutes les apparences portaient à le croire — il n'y avait qu'une explication logique possible : ceux-ci avaient pu servir à préparer les vraies lettres anonymes ? Et le grand-oncle Constant... *serait le corbeau ?*

Michel, comme Daniel, connaissait assez mal Constant Maugier, sinon par ouï-dire. On disait de lui que c'était un homme intelligent, très au courant des choses de la nature et surtout très honnête. M. et Mme Thérais, les parents de Michel, professaient même une admiration certaine pour le personnage, qui semblait n'avoir jamais reculé devant l'accomplissement de son devoir en aucune circonstance.

Arthur se sentait terriblement gêné. Il n'était pas de la famille, lui, et tout comme Michel, il se posait des questions. Mais il ne lui appartenait pas d'y répondre, ni même d'y faire allusion !

« L'oncle Constant vivait ici, dans cette maison, depuis la mort de la tante ? demanda Daniel.

— Oui, répondit Sophie. Il prenait ses repas à la maison et maman ou moi nous venions faire le ménage. »

Michel éprouvait un étonnement qu'il finit par exprimer :

« Mais puisqu'il avait toute la maison à sa disposition, sans risque d'être dérangé, quel besoin a-t-il eu de se dissimuler dans le grenier ? C'est lui qui l'a construit, ce réduit ?

— Peut-être, mais c'était pendant la

guerre ; j'ai entendu les parents dire qu'un chef de la Résistance s'était caché chez le "Père", pendant plusieurs mois. C'est sans doute pour lui que la cachette a été réalisée. Grand-père n'a fait que l'utiliser par la suite, expliqua Florent.

— Et rien de spécial ne vous avait frappés, dans le comportement du "Père" ? » demanda Arthur.

Sophie réfléchit.

« Non, finit-elle par soupirer. Sauf une chose sans importance... Grand-père avait souvent les doigts tachés d'encre, alors qu'il n'envoyait pour ainsi dire jamais de lettre. Nous avons même essayé de le plaisanter là-dessus, mais il n'a pas eu l'air d'apprécier. Si bien que nous n'avons pas insisté, maman et moi ! »

Donc, il y avait des chances pour que Constant Maugier eût utilisé le réduit pour écrire... mais quoi, en dehors des brouillons de lettres anonymes ?

« Et ces doigts tachés d'encre, c'était longtemps avant l'histoire du corbeau ? demanda Michel.

— Oh oui... des années !

— Ça n'a donc rien à voir, constata Arthur.

— C'est pour ça, parce que nous pensons que le "Père" écrivait en cachette, que nous avons continué à chercher.

— Et votre arrivée nous a empêchés de poursuivre nos recherches, expliqua Sophie. Parce que le fait que nous n'ayons rien trouvé d'autre que ces brouillons nous a donné une idée très désagréable. Nous nous sommes demandé pourquoi le "Père" nous avait incités à chercher dans le grenier. Et la seule explication que nous avons trouvée ne nous plaît pas du tout et nous nous refusons à l'admettre.

— Nous nous sommes demandé, Sophie et moi, reprit Florent, si, pris de remords d'avoir écrit les lettres anonymes, grand-père ne nous avait pas prévenus pour que nous réparions le tort qu'il a pu faire, à Mme Ribert en particulier. Seulement, pour qui a bien connu grand-père cette explication ne peut pas être la vraie, malgré les apparences. Le drame c'est que nous sommes incapables d'en trouver une autre. Alors nous avons pensé que vous autres, qui êtes étrangers à l'affaire, vous auriez d'autres idées et que vous pourriez nous aider à trouver la clef du mystère. »

Sophie regardait les garçons avec sympathie, comme si elle avait l'espoir qu'ils allaient résoudre l'énigme sur-le-champ.

« Tu es bien gentil, Florent, répondit Michel. Mais si vous avez échoué, Sophie et toi, en cherchant pendant des mois, comment veux-tu que nous réussissions ?

— Essayez quand même, on ne sait jamais.

— Remarque, il y a une idée qui m'a traversé l'esprit tout à l'heure. Je me demandais si, à la fin de sa vie, l'oncle Constant n'avait pas flanché un peu, du côté de... ses facultés intellectuelles ? »

Florent le regarda ébahi.

« Tu veux dire qu'il aurait pu devenir gâteux ou même un peu fou ?

— Quelque chose comme ça, oui !

— Absolument pas ! Même quand il était très affaibli par la maladie, il avait encore toute sa tête ! Et puis, je crois que Sophie vous l'a déjà dit : grand-père a été le premier, sinon le seul à prendre la défense de Mme Ribert et à aider les gendarmes à rechercher le coupable ! »

Michel fut sur le point de répliquer que cette attitude pouvait être la façon la plus habile de détourner des soupçons possibles et aider les gendarmes, c'était aussi se trouver aux premières loges pour suivre les développements de l'enquête et parer à un danger possible. Mais les cousins étaient déjà assez désemparés, sans ajouter encore à leurs soucis.

Arthur intervint, à son tour.

« Remarque, Florent, que ce que nous prenons pour des brouillons de lettre, ne sont peut-être que des essais d'écriture pour tenter de découvrir le vrai coupable !

— Merci, Arthur, répondit Florent. Nous avons pensé à ça, aussi. Si tu avais connu grand-père, tu ne parlerais pas autrement. Mais il doit y avoir autre chose ! Ce n'est pas simplement pour ces feuilles-là que grand-père nous a indiqué le grenier. Seulement... *quoi* ? »

Le bruit du tracteur, dans la cour, alerta Florent.

« Bon, nous reprendrons cette discussion à un autre moment, dit-il. Si vous voulez, vous pouvez continuer à chercher. Le drame c'est que nous ignorons ce qu'il faut chercher !

— Je vais aider maman, dit Sophie. A tout à l'heure ! »

Restés seuls, les trois amis entreprirent la fouille systématique du réduit. Il avait été édifié en profitant de l'épaisseur de la cheminée. Le mur ajouté était mince et de ce fait

représentait un assez joli tour de force, pour le maçon qui l'avait construit... en pierre brute, à peine dégrossie ! D'environ un mètre de large, la cachette possédait une sorte de table bureau en planches couverte par une vieille couverture grise, tachée d'encre. Un encrier de verre contenait encore de l'encre séchée. Un vieux porte-plume, à la plume rouillée, était posé à côté.

« Ça existe encore, ces engins préhistoriques ? demanda Arthur.

— Une vieille habitude ne se perd pas facilement, constata Michel. L'oncle Constant a dû écrire toute sa vie avec une plume. Un stylo à bille l'aurait, sans doute, gêné ! »

Daniel intervint à son tour.

« Mais, dites voir, s'exclama-t-il. Si l'oncle n'est pas le corbeau, s'il faisait vraiment des essais pour essayer de découvrir le coupable, cela voudrait dire que les autres lettres, les vraies, auraient *aussi* été écrites à la plume ? Donc que le corbeau aurait un âge... certain ?

— Une idée à creuser, Daniel, reconnut Michel. Mais cela n'explique pas les doigts tachés d'encre... des années avant l'affaire !

— Au fait, nous avons oublié de demander à Sophie si Florent et elle ont cherché dans le reste de la maison. Parce que l'oncle a bien pu écrire ici, mais emporter les feuilles en un autre endroit ?

— Possible, mais il n'a indiqué que le grenier, avant de mourir, répondit Michel. Rien ne nous empêche de poursuivre nos recherches ailleurs. »

***

Malheureusement pour la tranquillité d'esprit de Florent et de sa sœur, les garçons cherchèrent en vain, toute la soirée et toute la matinée du lendemain.

Dans les armoires et les placards ils avaient remué des piles de draps, de linge de table, de chemises d'hommes d'un modèle désuet, déplacé des piles d'assiettes, des carafes et des verres ; inventorié une collection de journaux ayant trait à l'affaire du corbeau ; déplacé des meubles, sondé les murs et les carreaux du sol, un par un. Ils avaient même vidé les cendres de la cheminée, soulevé la plaque foyère, scruté le conduit à fumée, fouillé tous les tiroirs.

« Rien... il n'y a rien ici ! » constata Michel.

Lassés d'être restés enfermés pendant si longtemps, ils décidèrent cet après-midi-là d'aller se promener dans la campagne.

La tante Nathalie, ayant besoin de terre de bruyère, pour repiquer des hortensias, leur indiqua l'endroit où ils pourraient en trouver.

« Ne chargez pas trop quand même vos vélomoteurs, leur conseilla-t-elle. Je vais vous donner des sacs en plastique, comme ça vous ne salirez pas vos sacoches. »

Les trois garçons partirent et trouvèrent sans peine le chemin de terre qui s'enfonçait dans un bois. Sur les talus, des touffes de bruyère formaient des masses mauves.

Les garçons mirent pied à terre et firent une abondante provision de terre dont ils remplirent les sacs.

Ils bourraient le dernier sac lorsqu'il leur sembla entendre un bruit curieux. Des vélomoteurs pétaradaient, non loin de l'endroit où ils se trouvaient, mais le bruit gardait la même intensité. Les engins restaient donc sur place. En même temps, des cris incompréhensibles accompagnaient le grondement des moteurs.

« Qu'est-ce que c'est que ce raffut ? demanda Arthur.

— Le plus simple, ce serait d'y aller voir ! » conseilla Daniel.

Ils rangèrent le dernier sac et enfourchèrent leurs montures. Le chemin descendait jusqu'à la route et ils n'eurent pas besoin de mettre les moteurs en marche.

Lorsqu'ils atteignirent la chaussée goudronnée, ils obliquèrent à gauche. Ils ne roulèrent pas plus d'une cinquantaine de mètres avant de découvrir un étrange spectacle.

6

Un peu plus loin, dans un virage de la route, quatre jeunes gens à vélomoteur tournaient autour d'une jeune fille blonde qui tenait son véhicule à la main et s'efforçait, en vain, de s'enfuir.

En approchant, les garçons entendirent distinctement ce que criaient les autres :

« Croa, croa, croa ! » sur plusieurs tons et avec des grimaces horribles.

« Des courageux ! constata Michel. A quatre contre une fille ! Allez, on y va !

— C'est la fille de l'épicière, constata Daniel.

— On va s'amuser ! » déclara Arthur.

Et à pleins gaz, les trois amis foncèrent sur

le groupe. A quelques mètres, ils sautèrent de leurs véhicules en voltige, les abandonnèrent sur le bas-côté et se précipitèrent sur les autres. En un clin d'œil, trois d'entre eux se retrouvèrent dans le fossé, empêtrés dans le cadre de leur vélomoteur.

Le quatrième, assez grand, portait des cheveux longs, si sales que les mèches ressemblaient à de la filasse plutôt qu'à des cheveux ! Il n'attendit pas que les garçons l'attaquent, il vira sec et s'enfuit.

Il se retourna pourtant et lança :

« On se retrouvera, les Maugier ! »

Michel, Arthur et Daniel se désintéressèrent des autres et firent escorte à Cécile Ribert jusqu'à l'épicerie.

Celle-ci, très pâle, les yeux brillants de larmes, ne dit pas un mot jusqu'au moment où elle arriva devant sa maison.

« Je vous remercie, dit-elle. Vous êtes chics d'être venus à mon secours. Ce n'est pas la première fois que ces quatre-là crient des injures sur mon passage. Je suppose que ce sont eux qui ont accroché le corbeau, l'autre jour !

— Vous les connaissez ? demanda Michel.

— Malheureusement, oui, quatre bons à rien, toujours à traîner partout. Le plus grand surtout, un nommé Marcel. Il a déjà eu affaire aux gendarmes, je crois.

— Ce sont des garçons du pays ? demanda Arthur.

— Non... ils sont des villages voisins. Ils traînent souvent aussi dans les cafés des environs. Mais entrez, maman sera heureuse de vous remercier, elle aussi !

— Ce n'est pas la peine, dit Michel. D'ailleurs, on nous attend à la ferme.

— Au fait, vous vous souvenez, je m'appelle Cécile, et vous ? » demanda la jeune fille.

Les garçons déclinèrent leur prénom.

« J'irai vous voir à la ferme », déclara Cécile Ribert.

Elle pénétra dans la boutique après un dernier signe de sympathie.

Les garçons repartirent vers les Tuiles. Nathalie, apprenant l'incident, manifesta son indignation.

« Des bons à tout, des propres à rien ! dit-elle. Risquent pas d'attraper des crampes à travailler, ceux-là ! Ils mériteraient une bonne correction ! »

Les garçons l'aidèrent à creuser une petite fosse qui reçut la terre de bruyère et les hortensias. Ils installèrent ensuite un cylindre de treillage pour empêcher les poules de picorer les pousses coupées au ras des racines.

Restés seuls, dans la cour, les garçons rangèrent les vélomoteurs et allèrent s'asseoir sous le cerisier.

« Ce serait une grande désillusion pour Mme Ribert si le grand-oncle était le corbeau, constata Daniel.

— Hé là, comme tu y vas ! protesta Arthur. J'espère pour Sophie et pour Florent que notre distingué Michel épinglera le coupable avant la fin de notre séjour ici !

— Ça n'en prend pas le chemin, soupira l'intéressé. Si seulement nous pouvions savoir ce qu'écrivait l'oncle, avant cette affaire de lettres anonymes !

— Moi, je crois qu'il n'y avait rien de mystérieux dans le fait qu'il se servait d'un bureau clandestin dans son grenier, intervint Daniel. Il craignait sans doute qu'on ne se moque de lui. Un vieux paysan qui se met à écrire, c'est peu courant, non ? »

Michel réfléchit.

« Tu as peut-être raison, finit-il par dire. Peut-être écrivait-il des choses confidentielles, qu'il réservait à ses petits-enfants ?

— Tu verras que nous allons découvrir un trésor, un coffre plein de pièces d'or, plaisanta Arthur. Seulement, il nous faut la carte de l'île !

— La carte de l'île ? répéta Daniel.

— Hé oui... l'*île au trésor*, pardi ! »

Michel et Daniel mimèrent le découragement.

« Tu te fatigues trop, Arthur, déclara Michel. Tu ferais mieux de réserver tes forces pour l'énigme du grand-oncle !

— En fait d'île, pourquoi ne pas poursuivre les recherches dans le grenier ? » suggéra Daniel.

Michel fut de cet avis. Il était évident que Florent et Sophie, tout en refusant de croire à la culpabilité de leur grand-père, redoutaient d'en découvrir la preuve. Et cette angoisse se doublait sans doute des conséquences possibles d'une telle découverte, si elle était fondée. Car Constant Maugier avait été une personnalité dans le pays. On l'avait consulté souvent : à propos d'une affaire de famille, de la maladie d'un animal, ou d'un projet. Certains n'avaient pas vu d'un bon œil l'ascendant de Constant sur ses concitoyens. D'autres ne lui avaient pas pardonné son franc-parler, un peu rude parfois pour les amours-propres ! S'il arrivait que la personnalité de Constant Maugier puisse être attaquée, ceux-là ne manqueraient pas l'occasion de prendre leur revanche. C'était ce que Florent leur avait expliqué et il avait conclu que les Maugier, les jeunes surtout, ne pourraient rester au pays si un tel scandale éclatait. Et pourtant, pourraient-ils admettre que Mme Ribert continuât d'être accusée à tort ?

Les trois garçons reprirent leurs lampes de poche et montèrent au grenier.

Ils poursuivirent systématiquement la fouille. Arthur recommença à examiner le contenu du coffre, Daniel celui des caisses et Michel inspecta le réduit. Il s'était mis à genoux pour fouiller la partie du mur, au-delà de la sablière, entre les chevrons du toit.

Il dut renoncer. Seule la poussière s'était accumulée là en quantité.

Il était toujours à genoux lorsqu'il se retourna. Le faisceau de sa lampe accrocha le dessous de la table et Michel fut étonné de l'importance des planches horizontales qui retenaient les pieds et supportaient le plateau.

Michel estima que les dimensions restreintes de celui-ci ne justifiaient pas une telle largeur. Par curiosité, il s'approcha et examina le petit meuble. Il en resta muet de surprise.

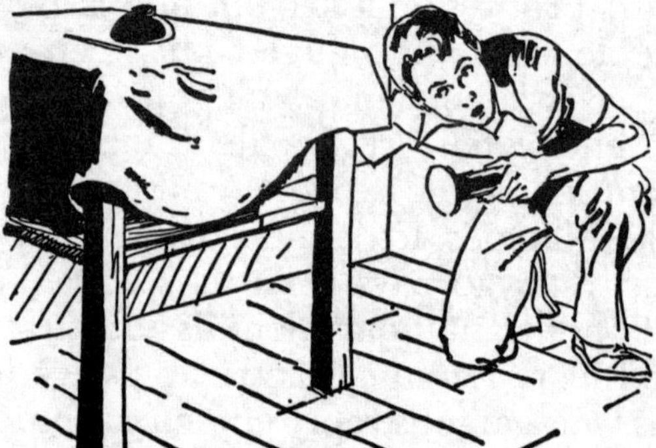

Le rayon de lumière venait de lui révéler qu'en réalité le cadre inférieur de la table était une étagère discrète, sur laquelle s'entassaient deux piles de cahiers.

« Daniel ? Arthur ? Venez voir ! »

Les interpellés découvrirent à leur tour l'étagère et son contenu.

« Champion, Michel ! s'exclama Arthur. Dans le mille ! »

Avec précaution, Michel sortit un cahier et l'examina. Sur la couverture fatiguée, un titre « Mémoires-Journal » et des dates. Les autres cahiers portaient le même titre et d'autres dates. De plus ils étaient numérotés.

« Voilà ce que l'oncle voulait que Sophie et Florent trouvent, déclara Michel. Dommage que nous ne puissions pas y jeter un coup d'œil ! Ce doit être intéressant.

— Sans compter qu'on doit y trouver l'explication des brouillons », dit Arthur.

La joie de Michel se nuançait d'une légère angoisse. L'explication... bien sûr ! Mais n'allait-elle pas confirmer les craintes des deux jeunes gens ?

« Sophie et Florent vont enfin connaître le secret de leur grand-père, murmura-t-il. J'espère qu'ils en seront soulagés ! »

***

Ce fut seulement après le dîner que

Florent et Sophie purent venir examiner la découverte de leurs cousins.

Ils contemplèrent la pile, n'osant en croire leurs yeux. Après avoir cherché si longtemps, allaient-ils enfin avoir la réponse à la seule question qui eût de l'importance, à leurs yeux ? Constant Maugier n'avait pas pu tenir son journal sans parler de l'affaire des lettres ! Du moins s'il avait continué à écrire jusqu'à ce moment-là.

Presque timidement, Florent ouvrit le cahier numéro un. Dans la marge, une date.

« Tu te rends compte, Sophie... dix-sept ans ! Juste un an avant ta naissance ! »

La jeune fille réfléchit.

« Dix-sept ans ? Donc... l'année de la mort de grand-mère ?

— Exactement ! Grand-père aura trouvé ce moyen pour tromper sa solitude. »

A son tour, elle s'empara d'un cahier.

Puis, Florent déclara :

« Vous pouvez les feuilleter, vous aussi, dit-il. Je vous dois bien ça ! »

Michel, Daniel et Arthur prirent chacun un cahier.

D'une écriture un peu malhabile, Constant Maugier avait consigné chaque jour, ou presque, les menus événements de la vie à la ferme, assortis de quelques réflexions sur sa vie et sur celle de son entourage. Michel, un peu étonné, découvrait qu'un simple paysan pouvait faire preuve d'une fine psychologie et d'un esprit d'analyse très judicieux !

« Vous savez ce que vous devriez faire ? suggéra Arthur. Vous devriez commencer par les derniers cahiers, pour voir s'il y est question de l'affaire du corbeau ! »

Florent reconnut qu'il avait raison.

Il s'empara du dernier cahier et constata qu'il s'arrêtait trois semaines avant la mort du narrateur.

Il ne lui fallut pas longtemps pour trouver ce qu'il cherchait. Il lut rapidement puis déclara :

« Écoutez, je vais vous lire quelque chose de formidable. Grand-père n'était pas le corbeau ! »

Il revint en arrière et commença :

« Je viens de recevoir une lettre stupide, une lettre anonyme, écrite en caractères d'imprimerie. On m'accuse d'avoir tué ma femme au travail — la pauvre ! — et de réduire le reste de ma famille en esclavage. On me reproche de faire mourir le village en allant faire mes courses en ville et de ne pas faire vivre les commerçants du hameau ! Décidément mon correspondant me prend pour un fossoyeur ! Je ne suis certainement pas le seul dans le village à "bénéficier" des attentions du corbeau ! J'espère que si d'autres ont reçu de ces lettres, ils accepteront d'en parler pour que, tous ensemble,

nous puissions mettre fin à ces pratiques ! La lettre a été postée à Valence, un samedi. »

Florent résuma un passage qui concernait Mme Ribert et l'accusation « imbécile » dont elle était la victime. Puis il reprit sa lecture.

« Je connais maintenant six destinataires de lettres anonymes. Ils sont d'accord avec moi pour que nous nous réunissions à la mairie pour essayer d'aider les gendarmes dans leur enquête. »

Beaucoup plus loin, le texte provoqua une vive curiosité de la part des cinq jeunes.

« Écoutez ! s'exclama Florent, c'est formidable ! »

« Je crois que j'ai deviné qui a écrit les lettres. Je ne peux pas me prononcer avant d'avoir tenté une expérience. Je vais écrire une lettre imitant les caractères de X... Je vais la lui envoyer et je verrai sa réaction. Le corbeau a commis une erreur, un oubli. Il y a un détail, dans certaines de ses lettres, qui devrait permettre de l'identifier. C'est peu de chose mais à mon avis, c'est le seul indice qui doit permettre de le démasquer ! Je me sens assez faible, en ce moment. S'il m'arrivait de tomber malade, je ne voudrais pas que ces cahiers tombent entre les mains de n'importe qui. Par prudence, avant

d'avoir une preuve certaine je n'en dirai pas plus. Mais cette preuve j'espère bien l'avoir dans quelques jours !

Florent s'arrêta, au grand dam de son auditoire.

« Alors... la suite ? » réclama Sophie.

7

Florent avait refermé le cahier.

« Malheureusement, il n'y a pas de suite, dit-il. Le cahier s'arrête là ! »

La consternation laissa les autres muets.

« Tu es sûr, Florent, qu'il n'y a rien d'autre ? insista Sophie.

— Hélas non ! Et nous ne saurons jamais quel a été le résultat de l'expérience, ni même si le "Père" a eu le temps de la tenter !

— Si seulement il avait mentionné le détail qu'il considère comme un indice ! dit Michel. Je comprends sa prudence, mais l'indice nous aurait bien aidés.

— L'essentiel, pour l'instant, est d'avoir la

certitude que grand-père n'est pas le corbeau, déclara Sophie.

— Tu ne serais pas un peu égoïste ? protesta son frère. Et Mme Ribert ? Et Cécile ?

— Tu as raison, Florent, reconnut la jeune fille. Nous devons tout faire, maintenant, pour démasquer le vrai coupable. C'est ça que voulait grand-père en te parlant du grenier ! »

Tous étaient d'accord sur ce point, mais, en l'absence d'indice, la chose ne paraissait pas facile.

***

Michel ne cessait de penser au « détail » mentionné dans le « journal » de l'oncle. Il avait eu en main la lettre anonyme reçue par celui-ci. Mais son examen ne lui avait rien révélé d'anormal. Les lettres étaient très régulièrement tracées, bien horizontalement, sans aucun signe particulier.

« Ce sont les autres lettres qu'il faudrait voir, finit-il par conclure, et les comparer entre elles. »

Car l'oncle avait écrit que c'était dans « *certaines de ces lettres* » que se trouvait l'erreur.

Florent et Sophie furent de cet avis mais ne cachèrent pas la difficulté de l'entreprise.

« Et puis, fit remarquer Florent, si nous

nous adressons à tous les habitants du village qui ont reçu une lettre, nous questionnerons aussi le coupable, qui n'a pas manqué de s'en envoyer une, pour mieux cacher son jeu. Il saura que nous menons une nouvelle enquête et se méfiera.

— C'est un risque, évidemment, murmura Michel.

— Peut-être qu'il réagira, suggéra Arthur. Il commettra peut-être une autre maladresse et nous le démasquerons ! »

Mais en dépit de cet optimisme, il ne fut pas très facile de trouver un moyen de se faire confier les lettres afin de les comparer.

De plus, le beau temps avança la période de la moisson du blé. L'utilisation de la moissonneuse-batteuse exigeait que cette récolte se fasse au moment le plus propice, sans avance ni retard. Pour obtenir un bon résultat, il fallait que le grain fût mûr à point sur pied mais ne pas trop attendre.

Si bien que, pour un même village et pour une même région il était nécessaire que la moissonneuse tournât vingt-quatre heures sur vingt-quatre, avec trois équipes se relayant toutes les huit heures. Les agriculteurs — une cinquantaine — , réunis en coopérative, possédaient en commun l'énorme machine qu'un mécanicien spécialisé surveillait constamment.

Une remorque, conduite par le propriétaire du champ moissonné, accompagnait la machine pour recueillir les sacs pleins de grain — ou le grain en vrac, parfois — et les conduire au silo le plus proche.

Il en résulta que Florent et Sophie furent très accaparés par le travail et leurs cousins ne pouvaient leur être d'une grande utilité.

Si bien, qu'autant pour les distraire que pour agir, Florent eut l'idée de les orienter vers un villageois qui pouvait leur confier la lettre anonyme qu'il avait reçue.

« C'est un homme qui vit en solitaire, expliqua Sophie. Grand-père et lui étaient de vrais camarades. Il acceptera plus facilement que les autres, sans doute.

— Pourquoi ? Tu crois que les autres ne voudraient pas nous confier les lettres ? demanda Daniel.

— Tu sais bien comment sont les gens. Même si le contenu de la lettre est archifaux, ils n'aiment pas la laisser voir à un étranger.

— Il a pourtant fallu que les gendarmes et les experts les lisent, ces lettres ?

— Ça, bien forcé ! Mais pour nous le problème est différent ; et en plus, nous sommes sûrement trop jeunes, à leurs yeux. »

L'homme auquel Florent avait pensé adresser ses cousins s'appelait Alcide Petitjean, mais il possédait un sobriquet curieux. Personne, dans le village, ne l'appelait autrement que « Pétard ». Pourquoi ? Simplement parce qu'il soulignait le moindre de ses étonnements d'un « Oh, pétard ! » qui remplaçait dans son vocabulaire tous les jurons imaginables et avait le mérite de rester correct.

« C'est un homme proche de la nature, expliqua Florent, grand pêcheur de truites et d'écrevisses. Fin chasseur, aussi. On le dit un peu braconnier, peut-être, à l'occasion. Mais ni le garde-pêche ni le garde-chasse n'ont jamais pu lui dresser procès-verbal.

— Et si vous expliquez que vous êtes les neveux du "Père" je suis sûre qu'il vous recevra bien ! » ajouta Sophie.

⁂

Le père Pétard habitait une petite maison en lisière de la forêt de Lente, à la limite de la commune.

Les garçons s'arrêtèrent devant chez lui. Au bruit des vélomoteurs, l'homme apparut sur le seuil de sa chaumière, une courte pipe de bruyère aux dents.

Sourcils froncés, il ne manifestait aucune cordialité pour ces inconnus.

Coiffé d'un béret verdi par les intempéries, c'était un homme d'assez petite taille, brun de peau et de cheveux, sec comme un cep de vigne. Il pouvait avoir la cinquantaine.

Il attendit silencieusement que ses visiteurs se présentent.

« Nous sommes les cousins de Florent Maugier, dit Michel. Les petits-neveux de Constant Maugier. »

Ce fut comme si l'homme avait été sourd, pendant une minute ou deux. Un peu décontenancés, les trois garçons commençaient à éprouver une certaine gêne.

Enfin, l'homme retira la pipe de sa bouche.

« Pour des petits-neveux, z'êtes déjà de bonne taille, dit-il. C'est gentil aux Maugier de se souvenir que j'existe. Le Constant venait plus souvent, le pauvre ! C'est pas fréquent que des gens s'aventurent par ici ! J'ai pourtant jamais donné un coup de fusil à une visite ! »

La vivacité intelligente du regard sombre donnait au visage tanné par le soleil un air de malice.

« Mais, entrez donc, fera moins chaud dans ma tanière ! »

Les garçons pénétrèrent dans une salle assombrie par la teinte des murs : la fumée du feu de bois les avait patinés d'une couleur châtaigne. L'odeur du feu était mélangée à une senteur fauve, due sans doute aux peaux, tendues sur des baguettes de bois, qui achevaient de sécher un peu partout. L'ordre ne régnait pas, chez le père « Pétard », c'était le moins qu'on puisse en dire. Il est vrai que Sophie avait précisé que l'homme était veuf depuis longtemps. Dans un coin, pourtant, le bois d'un râtelier d'armes luisait doucement. Trois fusils impeccables, des cannes à pêche y étaient alignés. Une tablette supportait tout le matériel nécessaire à la confection des cartouches et aussi des boîtes de mouches pour la pêche au lancer.

« Et ainsi donc, quel bon vent vous amène ici ? demanda l'homme. On ne m'a tout de même pas classé dans les curiosités à voir, dans le pays ? »

Les garçons sourirent.

« Le pauvre Constant doit leur manquer, aux Tuiles, reprit Pétard. Quel homme c'était, pétard ! Droit et fort comme un chêne, de corps et de cœur ! Il en faudrait beaucoup comme lui, dans un pays, pétard ! Tout irait mieux ! Seulement, le moule est cassé, à ce qu'on prétend ! Je ne dis pas ça pour vous, ni pour le Florent et la Sophie ! C'est une bonne chance d'avoir eu un grand-père comme celui-là ! Il me manque, à moi aussi, le Constant ! Il arrivait, on buvait un canon bien frais et on taillait une bavette. Il en savait des choses ! Tenez, c'est lui qui m'a appris à faire des mouches artificielles. Pour ça il avait les doigts... et aussi instruit qu'un maître d'école, il était ! »

L'homme parut un peu perdu dans ses souvenirs. Puis il se ressaisit :

« Mais je parle, je parle, vous devez avoir soif ? A votre âge, je ne vous propose pas un canon, encore qu'un peu de vin naturel, en restant raisonnable... mais j'ai de la bonne eau de ma source. »

L'homme servit trois verres d'eau et se versa une rasade de vin tirée d'une gargoulette en terre cuite, suspendue dans un courant d'air.

Devant l'air étonné des garçons, le père Pétard expliqua :

« On n'en voit plus guère des gargoulettes ! Ils ont tous un réfrigérateur ! J'ai rien contre le progrès, mais dans le bassin de ma source tout se conserve mieux ! Et sans prendre d'odeur ! Il faut dire que mon eau, hiver comme été, reste toujours aussi fraîche : trois, quatre degrés, comme dans les frigos ! »

Comme tous les solitaires, Alcide Petitjean était bavard quand il rencontrait une oreille complaisante.

Les garçons l'écoutaient patiemment. La sagesse de cet homme leur plaisait. On parlait tellement de retour à la nature, dans les villes. Le père Alcide vivait au rythme des saisons. La forêt était son garde-manger, aussi bien pour le gibier que pour les fruits et les champignons.

L'homme parut se souvenir, tout à coup, que sa question relative au « bon vent » n'avait pas reçu de réponse.

« Et alors, comme ça, vous avez sûrement une bonne raison pour venir vous perdre jusqu'ici ? »

Michel expliqua :

« C'est à propos de l'affaire des lettres anonymes », dit-il.

Il raconta l'épisode du corbeau crucifié et la scène où Cécile avait été maltraitée par les quatre voyous.

« Sont plus courageux de la langue que des bras ! dit le père Pétard. C'te pauv' femme Ribert, l'a pas un homme pour la défendre, ça se voit ! Le Constant décolérait pas, au temps où c't'histoire de lettres s'est découverte. Il était sûr que l'épicière n'avait jamais pensé à écrire une lettre anonyme ! Et je suis bien de son avis. Seulement, c'est tellement commode, pas vrai, de sauter sur les apparences ! Pas de fumée sans feu, qu'ils disent ! Oh pétard ! J'ai le sang qui me bout à entendre des âneries pareilles ! Supposez que je fasse de la fumée, moi, en racontant des inventions et des menteries sur... mettez, le maire, ou le curé, hein ? C'est'i parce que j'aurai fait de la fumée qu'il y aurait du feu là-dessous ? »

Les yeux du père Pétard brillaient d'indignation.

« Remarquez, reprit-il, j'ai eu ma lettre, moi aussi ! Pas trop méchante, au fond, et pas trop fausse non plus. On y parle de mon gibier et de mes truites. Je vois pas Mme Ribert me parler de truite saumonée gîtée sous une pierre et que je prends à la main ! Et pas plus de la térébenthine avec laquelle j'amorce mes balances à écrevisses quand le garde-pêche n'est pas trop près ! Fallait qu'i s'y connaisse en pêche et en chasse, le corbeau ! Ça, je l'ai expliqué aux gendarmes. Z'ont été chics, ils ont pas raconté tout ça au noiraud. Le noiraud, c'est le garde-pêche. L'a du poil noir partout. Dans les oreilles et même à une verrue sur le nez qui devrait bien le faire loucher s'il y voyait clair ! »

Michel posa la question cruciale.

« Florent vous demande si nous pourrions la voir, la lettre que vous avez reçue ? »

La question rendit son interlocuteur muet pour un instant. Le regard malicieux s'était chargé d'un rien de suspicion.

« Pourvu qu'il accepte ! se répétait Michel. Pourvu ! »

8

Enfin, après un dernier regard curieux aux garçons, l'homme répondit :

« L'a rien de bien intéressant c'te lettre ! Mais pour les Maugier, je veux bien la montrer. Vous avez sûrement une idée, le Florent, la Sophie et vous, à vouloir la voir ? Mais ça, ça vous regarde ! Chacun son idée, pas vrai ? Je l'avais montrée au Constant. On ne me retirera pas de l'idée que s'il n'était pas tombé malade, il l'aurait déniché, le corbeau !

— Justement, Florent voudrait arriver à trouver le coupable et à prouver que Mme Ribert n'est pour rien dans cette histoire ! »

L'homme sourit malicieusement :

« Est-ce que le Florent Maugier n'aurait pas un œil pour la Cécile de l'épicière ? »

L'expression surprit les garçons qui finirent par comprendre. Le père Alcide supposait que Florent était amoureux de Cécile.

« De toute façon, vous avez raison. Si vous arrivez à trouver le malfaisant, ce sera un bien pour tout le monde. Seulement... méfiance ! Le corbeau a du bec ! Et vous avez encore la chair tendre, les jeunots ! Mais après tout, vous devez savoir ce que vous faites et si vous avez seulement la moitié de la jugeote du Constant, z'êtes pas des idiots ! »

L'homme quitta la salle. On l'entendit remuer un tiroir. Il réapparut bientôt, tenant une feuille de papier pliée en quatre à la main.

« Voilà ! dit-il. Les savants en écriture disent que c'est une main d'homme qui l'a écrit, ce chef-d'œuvre ! Moi, je me demande comment ils ont pu le savoir ! »

Michel rangea la feuille dans sa poche.

« Et le plus drôle, reprit Alcide Petitjean, c'est que le Noiraud en a reçu une aussi, de lettre. On l'accuse de fermer les yeux sur mon braconnage pour partager mes lièvres et mes truites ! L'est sûrement pas près de digérer ça, mon homme ! Si je comprends bien, vous voulez la montrer à Florent c'te lettre ? J'y vois pas d'inconvénient, mais elle s'appelle "reviens" ! J'y tiens, moi, à mon certificat de braconnage ! »

Les jeunes gens s'attardèrent un instant, par politesse, puis ils prirent congé.

« Bonne chance à vous ! dit Alcide. Vous rendrez un fier service au village, si vous dénichez le corbeau ! »

Les jeunes gens n'avaient pas parcouru deux cents mètres lorsqu'ils durent laisser passer, sur un chemin étroit, une femme à cheveux gris qui filait sur une antique bécane, en direction de la maison d'Alcide Petitjean.

Elle leur adressa au passage un sourire un peu crispé. Ils reconnurent Cora Périni, la gouvernante de M. Pignon.

« M. Pignon a envie de manger des champignons, aujourd'hui ! Ou une truite ! » constata Daniel.

*
**

De retour à la ferme, les garçons comparèrent la lettre qu'ils rapportaient à celle reçue par l'oncle Constant. Les caractères en étaient si semblables qu'on pouvait penser qu'ils avaient été décalqués. L'étude à la loupe ne révéla aucune différence qui aurait pu se rapporter à la découverte de l'oncle.

« L'oncle a bien écrit que l'indice ne se trouvait que dans certaines lettres, soupira Michel. Il en faudrait d'autres !

— Il y en a au moins deux qu'il serait assez

facile d'avoir, suggéra Arthur. Celle de Mme Ribert et celle de M. Leval.

— Tu as raison. Je vais à l'épicerie. Vous en êtes ? proposa Michel.

— Bof ! Pas la peine d'être trois pour ça, pas vrai, Daniel ?

— Entièrement de ton avis, Arthur. Nous attendrons le messager à l'ombre du cerisier ! »

Il faisait très chaud, ce matin-là. Brûlant, même. L'absence de la moindre brise rendait l'air étouffant.

Michel se résigna. Il gagna l'épicerie à vélomoteur.

Il jeta un coup d'œil machinal à la porte de la grange. Nul corbeau n'y était crucifié.

« Le corbeau doit être en panne de corbeau ! » se dit le garçon, en réfléchissant que ce genre d'oiseau n'était peut-être pas facile à attraper.

Ce fut Cécile qui apparut dans la boutique. Elle sourit en apercevant le garçon et lui tendit la main.

« Heureuse de te revoir, Michel. Merci encore pour votre intervention l'autre jour !

— Ta mère est là ? demanda Michel.

— Non, maman est partie à Pont chercher du pain. Mais je peux te servir. »

Michel manifesta son embarras.

« A vrai dire, ce n'est pas à l'épicerie que je viens. Mais Florent, Sophie et mes camarades, nous avons décidé de chercher le vrai corbeau. Je sais que ce n'est certainement pas un sujet agréable pour toi, mais nous avons besoin de ton aide et de celle de ta mère. »

Ce fut au tour de la jeune fille de marquer sa surprise.

« Mon aide ? Je ne vois pas ce que je pourrais... Mais bien entendu, si vous pensez que c'est une chose possible.

— Pour une raison qu'il me serait difficile de t'expliquer, nous avons besoin de comparer entre elles les lettres reçues par les victimes. Alors, si ta mère voulait bien nous confier celle qu'elle a reçue ?

— Si ce n'est que ça, c'est facile. Je sais où maman a rangé cette lettre, dit la jeune fille.

— Tu ne penses pas que... ce serait mieux que j'attende que ta mère...

— S'il s'agit du corbeau et si c'est Florent qui la demande, maman sera trop heureuse de faire quelque chose pour vous aider. J'en suis sûre d'avance ! Il n'y a qu'une chose qu'elle puisse craindre, c'est que si on reparle de cette affaire, elle ait de nouveau à en souffrir !

— Nous serons discrets », affirma Michel.

La jeune fille quitta le magasin et revint très vite portant une enveloppe ouverte.

« Voilà... et bonne chance ! »

Michel la remercia et prit congé.

« Tu me tiendras au courant si vous découvrez quelque chose ? demanda Cécile, sur le seuil de la porte.

— Promis ! »

⁂

Lorsque Michel arriva à la ferme, Daniel et Arthur se trouvaient bien comme ils l'avaient dit, à l'ombre sous le cerisier. Mais ils n'étaient pas seuls. Une grande jeune fille blonde, les cheveux coupés très court, bavardait avec eux.

« Mademoiselle Leval, je vous présente Michel Thérais, déclara Arthur, très cérémonieux.

— Enchantée ! »

La jeune fille, en jean et chemise à carreaux, tendit la main à l'arrivant. Elle souriait, mais Michel estima qu'elle était loin de posséder la simplicité sympathique de Cécile Ribert ou de Sophie. Il fut confirmé dans son opinion en constatant qu'en dépit de la chaleur, Nelly Leval portait des bottes texanes à hauts talons. Le ceinturon qui retenait le jean était clouté d'or, comme le bas du jean.

« L'uniforme de ceux qui prétendent être libres de tout uniforme », se dit Michel.

« Tu as ce que tu cherchais ? demanda Daniel.

— Oui...

— Vos amis m'ont parlé des lettres anonymes, dit Nelly. Si vous voulez, je pourrai vous montrer celle que mon père a reçue. Elle l'a beaucoup amusé, quand il l'a lue. L'accuser de copier ses romans sur de vieux bouquins, il fallait le faire ! Lui qui sue sang et eau pour composer ses intrigues !

— Si vous acceptez, en effet, nous aimerions bien la voir. »

Nelly Leval prit un air sérieux.

« J'ignore ce que vous mijotez, tous les trois, mais je soupçonne que vous voulez continuer l'enquête à votre profit, je me trompe ? »

Les trois garçons ne répondirent pas. Ils prirent à dessein une mine innocente.

« Si c'était le cas, vous pourriez bien être déçus, en découvrant le coupable, affirma la jeune fille.

— Déçus ? Et pourquoi donc ? demanda Arthur.

— Parce que ce pourrait être aussi bien Mme Ribert qu'un habitant du village ! Un "né-natif", comme dit mon père. C'est d'ailleurs pour cette raison qu'il a abandonné l'enquête que Constant Maugier lui avait proposé de mener avec lui. Il a décidé que cela regardait la police et les gens du village. Il estime qu'il y a trop peu de temps que nous sommes ici. Le problème, pour mon cher père, est le même qu'en politique. Il ne croit pas aux "parachutés".

— Aux parachutés ? répéta Daniel.

— Hé oui, ces gens qui viennent de Paris ou de Lille, pour être élus représentants de la Corrèze ou des Bouches-du-Rhône ! Les affaires d'un pays concernent ses habitants ! Papa avait l'impression, en s'occupant de l'affaire, d'entrer par effraction dans les maisons de Sanoys ! »

Michel estima que sa première impression sur la jeune fille avait été un peu hâtive. Nelly Leval n'était pas sotte.

Celle-ci ajouta aussitôt :

« Je vais vous la chercher, cette lettre. J'ignore pourquoi vous tenez à la voir ! Elle ne vous apprendra rien de plus qu'aux policiers et aux graphologues. Évidemment, en vacances, il faut bien se distraire, n'est-ce pas ? »

Et elle s'en alla, très désinvolte sur son vélomoteur.

***

Ce soir-là, les cinq jeunes gens disposaient de quatre lettres anonymes pour effectuer les recherches.

Ils s'efforcèrent de procéder avec méthode en comparant les signes semblables, un par un, les couleurs d'encre, plus ou moins foncées, les chiffres quand il y en avait ou que la lettre était datée.

Au bout d'une heure, Arthur déclara forfait.

« Je vais devenir chèvre, si je continue, dit-il. Chercher, sans savoir quoi, c'est exténuant ! »

Florent semblait très soucieux.

« C'est ennuyeux de ne rien trouver, dit-il. Parce que nous ne pourrons pas garder ces lettres bien longtemps. Il faut les rendre...

— On pourrait les photocopier ? suggéra Sophie. Il y a un appareil à la poste de Châteauneuf.

Florent réfléchit.

« Oui, mais avec la moisson, difficile d'être libre pendant les heures d'ouverture du bureau.

— Nous pouvons très bien le faire, si tu veux, proposa Michel.

— D'accord ! Mais, attention ! Ne montrez à personne les originaux des lettres. Attendez qu'il n'y ait pas de client, tu vois ce que je veux dire ?

— Bien sûr ! Tu peux compter sur nous !

On cessa les recherches pour ce soir-là.

« Tu peux compter sur nous », venait de dire Michel ? Pourtant, le lendemain matin, il devait vérifier qu'il est plus facile de promettre que de tenir.

9

Le lendemain matin, en effet, il était très tôt lorsque Michel se leva. Il ne tarda pas à éprouver l'une des plus grosses surprises de sa vie.

Il sortit de la maison en faisant tournoyer sa serviette et se dirigea vers la fontaine.

Il n'avait pas fait trois pas dans la cour qu'un bruit étrange le figea sur place. Il mit une seconde ou deux à comprendre ce que cela pouvait être : un mugissement puissant, qui ne venait pas de l'enclos de Jules.

En même temps, il aperçut le taureau qui, d'abord affalé contre le poulailler, se dressait sur ses courtes pattes et, naseaux au sol, faisait voler les graviers de la cour en raclant ses épais sabots, comme s'il les essuyait sur un tapis-brosse.

Michel, en un éclair, comprit que la bête allait charger. Sans doute avait-il eu le tort d'agiter sa serviette. Il savait que ce n'est pas la couleur rouge qui excite un taureau mais tout ce qui bouge.

Prudent, Michel préféra battre en retraite précipitamment.

Bien lui en prit ! Les sept cents kilos de Jules se ruèrent vers la maison dans laquelle le garçon n'avait eu que le temps d'entrer en reclaquant la porte.

Le brusque arrêt de la bête fit voler des cailloux qui crépitèrent contre le battant, comme une rafale de mitraillette.

« Ouf ! soupira Michel. Mais qu'est-ce qu'il fait hors de son enclos, cet animal de Jules ? »

Arthur apparut dans le couloir, sa serviette à la main, lui aussi.

« Qu'est-ce qui t'arrive ? demanda-t-il en constatant l'émoi de son camarade. Tu as vu le diable ?

— Non, répliqua Michel. Va regarder par la fenêtre de la chambre... »

Tous deux retournèrent dans la pièce et, ouvrant prudemment les contrevents, Michel montra à son compagnon le taureau qui s'éloignait lentement, non sans jeter des coups d'œil derrière lui.

« Je crois que la journée va commencer par une corrida ! constata Michel.

— Hé, minute ! protesta Arthur. La corrida, jamais le matin à jeun ! »

Puis redevenant sérieux, il ajouta :

« Mais comment a-t-il pu quitter son enclos, notre Jules ?

— Je me suis posé la même question que toi, répondit Michel un peu ironique. On parie que tous les Maugier vont se la poser aussi ?

— Je suis curieux de voir comment ils vont s'y prendre pour lui faire réintégrer son antre ! Il faudrait les prévenir !

— Tu as raison. Il n'y a qu'un moyen, utiliser la corne de chasse du grand-oncle ! L'oncle et la tante finiront bien par comprendre que ce n'est pas par jeu que nous faisons ce vacarme ! »

Michel alla décrocher une corne, pendue sur le manteau de la cheminée et, à la fenêtre, se mit à souffler de toutes ses forces.

Jules, un instant surpris, fit demi-tour, mais resta immobile à contempler de loin cet individu qu'il savait hors de sa portée.

« Hé... vous êtes devenus fous, ou quoi ? s'exclama Daniel réveillé en fanfare.

— Pas du tout, nous chassons à courre », expliqua très sérieusement Arthur.

Daniel mit un certain temps à comprendre

la plaisanterie. Il se dressa sur son lit au moment où Michel cessait de souffler et se reculait vivement de la fenêtre.

Et le pauvre Daniel eut la surprise de voir apparaître la tête de Jules, là où son cousin venait de s'époumoner dans la trompe. L'expression ahurie de son visage fut telle que les deux autres ne purent s'empêcher d'éclater de rire, malgré la gravité de la situation.

Jules, lui, une corne engagée à l'intérieur de la pièce ne savait visiblement quelle conduite adopter.

Et, soudain, on entendit aboyer Dora.

Elle n'était certainement pas loin de la maisonnette.

Jules dégagea sa corne et, l'air très ennuyé, baissa la tête à la recherche de la chienne qui continuait à aboyer furieusement.

L'oncle Étienne, puis Florent apparurent à la porte de la maison.

Jules, trop occupé à chercher la chienne qui bondissait autour de lui, ne les aperçut pas. L'oncle portait à la main un fort bâton noueux, Florent une longe munie d'un mousqueton.

En voyant ses maîtres, la chienne redoubla de hargne et prit le risque de venir mordre la bête aux jarrets.

Le fermier et son fils s'approchèrent, lentement, en s'écartant l'un de l'autre.

Puis, au moment où, dans un mouvement de son cou puissant, Jules cherchait de la corne à toucher la chienne, Florent bondit, assujettit le mousqueton à l'anneau du taureau et l'oncle Étienne posa l'extrémité du bâton, munie d'une pointe acérée, sur le front de la bête.

Jules, surpris, fit une tentative désespérée pour se libérer mais pris par l'anneau, il n'était pas le plus fort. Il finit par se laisser guider dans l'enclos dont la porte fut refermée sur lui.

Florent et son père examinaient cette porte, lorsque les trois garçons arrivèrent à leur tour.

« Qu'est-ce qui s'est passé ? demanda Étienne. Vous avez vu quelque chose, vous, les garçons ? »

Michel raconta ce qui lui était arrivé.

« Je ne comprends pas, répétait Étienne. Le loquet de la porte est intact. C'est comme si on avait ouvert volontairement au taureau... Heureux encore qu'il soit resté dans la cour ! Vous imaginez s'il était allé rôder sur la route ? »

Florent examinait les montants verticaux qui supportaient l'énorme porte. Michel le vit faire un geste étrange : son cousin sembla prélever quelque chose qu'il ne vit pas et le glisser dans sa poche de chemise. Étienne n'avait rien vu.

« Vous avez bien fait de souffler dans la corne du “Père”, reprit Étienne. Je me suis d’abord dit que vous vouliez nous faire une farce. Mais j’ai vite deviné qu’il y avait sûrement autre chose ! »

Une fois Jules en sûreté, chacun alla vaquer aux occupations du matin. Puis tous se retrouvèrent pour le petit déjeuner.

Étienne, après une discussion animée, décida de placer une chaîne et un fort cadenas sur la porte. La tante Nathalie ne semblait pas rassurée. Elle regardait son mari, puis son fils, comme pour chercher à connaître leur opinion. Quelqu’un avait-il sciemment ouvert la porte au taureau, pour créer des ennuis graves aux Maugier ?

***

Lorsqu’ils se retrouvèrent seuls, Michel demanda à Florent :

« Tu as trouvé quelque chose, sur le montant de la porte de Jules ?

— Hein ? quoi ? Ah oui... répondit Florent, l’air étrangement gêné. Un fragment de tissu... accroché à une écharde.

— Et tu penses qu’il s’agit de l’étoffe d’un vêtement porté par celui qui a ouvert l’enclos cette nuit ?

— Peut-être... »

Devant l'attitude étrange de son cousin, Michel n'insista pas.

D'autant moins que Cécile Ribert arriva au même moment l'air affolée.

« Florent, dit-elle, il faut que tu viennes... mon chien Caribe est malade... il ne bouge pas, il est tout froid... Qu'est-ce qu'il faut faire ? Maman a téléphoné au vétérinaire, il ne pourra pas être là avant une heure, au moins ! J'ai peur, Florent !

— J'y vais ! » dit le jeune homme.

Michel accompagna son cousin et la jeune fille.

Caribe était allongé sur une couverture, dans la cuisine, devant un bol de lait intact.

« Il ne veut rien prendre, balbutia Mme Ribert. J'avais pensé qu'un peu de lait chaud...

— S'il a froid, c'est qu'il s'est empoisonné, déclara Florent.

— Empoisonné ? répéta Mme Ribert, mais il ne sort pas d'ici ?

— Vous n'utilisez pas de grain empoisonné, pour les souris, dans la boutique ou la réserve ? demanda Florent. Les chiens en sont friands... et ça, ça ne pardonne pas !

— Non, dit l'épicière. Je n'utilise pas ce genre de poison. Parce que les souris vont mourir dans un coin et après cela empeste. Mais, ce n'est pas possible, Caribe n'est pas empoisonné ?

— J'en ai bien peur... »

Devant la bête quasi inconsciente, ce fut la consternation. Mme Ribert et sa fille, très pâles, caressaient de temps à autre la tête de leur chien. Et, soudain, les pattes se détendirent, les oreilles se couchèrent, le regard devint d'une fixité alarmante.

« C'est fini, murmura Florent. Le vétérinaire arrivera trop tard ! »

Cécile se détourna en étouffant un sanglot. Les yeux rougis, Mme Ribert s'éloigna, elle aussi. Michel sentait une boule dure monter et descendre dans sa gorge. La mort d'un bel animal comme Caribe, plein de force, était éprouvante.

Le bruit d'une voiture s'arrêtant devant l'épicerie précéda de peu l'arrivée du vétérinaire. Tout de suite, l'homme s'accroupit, souleva une patte, examina les yeux du chien.

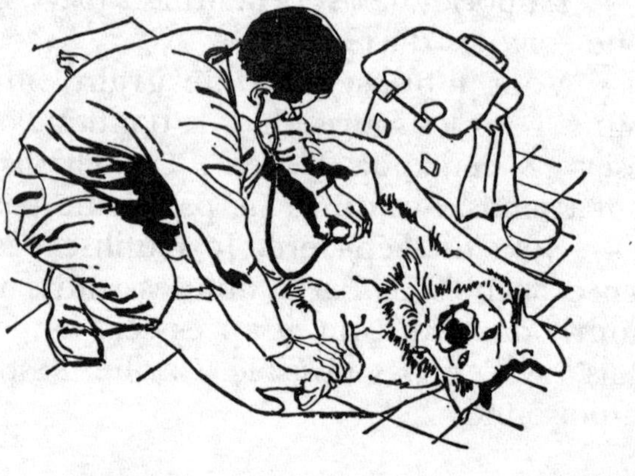

Par acquit de conscience il posa son stéthoscope sur la poitrine.

« Poison, dit-il. Il faut faire l'autopsie... et porter plainte, éventuellement ! Votre chien avait l'habitude de sortir, de faire des escapades ?

— Mais non, jamais ! répondit Mme Ribert.

— Dans ce cas, il ne faut pas hésiter. Ce soir, je vous donnerai le résultat de l'autopsie et vous préviendrez les gendarmes ! »

L'homme ne s'attarda pas. Il enveloppa le corps de Caribe dans la couverture et, aidé de Florent, alla le déposer dans le coffre de sa voiture.

La jeune femme et Cécile allaient et venaient, ne sachant plus ce qu'elles devaient penser.

« On aurait volontairement empoisonné notre chien ? murmura Mme Ribert. Mais pourquoi ? Il n'a jamais manifesté la moindre animosité à l'égard d'un client ! »

Michel pensa aussitôt au « corbeau ». Il se garda bien d'en rien dire. Il était inutile d'ajouter encore au chagrin de l'épicière et de sa fille.

« Je ne vais plus vivre ! balbutia Mme Ribert. Nous ne serons plus en sécurité, ici ! »

Après le départ du vétérinaire, Florent revint.

« Il va vous falloir un autre chien, madame Ribert, dit-il. Chez les Salmon, la chienne a mis bas il y a quinze jours. Si vous voulez, je peux leur demander qu'ils vous réservent un chiot. Un fox-terrier, ce sont de bons chiens de garde...

— Si vous voulez, Florent, répondit la jeune femme. Mais cela ne remplacera jamais Caribe ! Cela fait sept ans que nous l'avions...

— Je m'en occupe aujourd'hui, insista Florent. Vous ne pourrez pas l'avoir avant quinze jours d'ici. Mais ce sera un bon gardien.

— Merci, Florent, vous êtes gentil ! »

Les deux garçons prirent congé, très préoccupés par la scène qu'ils venaient de vivre.

A la ferme, la nouvelle de la mort de Caribe et la possibilité d'un empoisonnement criminel surtout provoquèrent une sensation pénible.

« Il y a quelqu'un qui ne tourne pas rond, au village, conclut Étienne Maugier. Il faudrait bien que les gendarmes mettent le holà !

— Il va falloir faire attention à Dora, dit Nathalie. On pourrait l'attacher pendant quelques jours, près de la maison ! »

⁂

Un peu plus tard, Michel, Daniel et Arthur

partirent à Châteauneuf, un gros bourg voisin, en emportant les quatre lettres anonymes.

La poste, un bâtiment tout neuf, se dressait près d'un carrefour important. Lorsque les garçons y pénétrèrent, deux employés servaient une demi-douzaine de clients.

L'appareil à photocopier se trouvait près de l'entrée. Michel y glissa quelques pièces de monnaie sans attirer l'attention. Arthur et Daniel, d'un air négligent, servaient de paravent en faisant mine d'examiner une affiche fixée au mur.

Les copies obtenues étaient d'une netteté sans défaut.

Michel venait de placer la quatrième et dernière lettre dans l'appareil et il avait enclenché le mécanisme lorsqu'un fracas surprenant retentit, à l'extérieur.

Arthur, Daniel et les autres clients se précipitèrent vers la porte, bientôt imités par les deux postiers.

Michel prit le temps de retirer la copie qui dépassait de l'appareil et sortit à son tour.

Il découvrit un spectacle invraisemblable. L'arrière d'un camion de fort tonnage émergeait... *de ta façade d'un café-restaurant qui formait l'un des angles du carrefour !*

Après le vacarme du choc, un étrange silence régnait. Déjà, les badauds s'étaient approchés, muets de surprise, tout d'abord. Puis, dans le café, une femme hurla. Des gens se précipitèrent à l'intérieur. Deux gendarmes arrivèrent en courant.

En s'approchant du camion, Michel comprit la raison de cette prompte intervention ! La gendarmerie n'était qu'à une vingtaine de mètres du carrefour.

On vit sortir du café un petit homme, moustachu, hébété, très pâle, une balafre sanglante en travers du front.

« Les freins... les freins ont lâché ! » balbutia le camionneur.

Un couple apparut ensuite, l'homme soutenant la femme, qui saignait d'un bras. Les gendarmes s'empressèrent. L'un d'eux s'éloigna, revint tout de suite portant une trousse d'urgence d'où il tira de quoi faire un pansement.

En quelques minutes le carrefour était devenu le centre de ralliement d'une bonne partie du bourg et aussi des automobilistes de passage, arrêtés par l'attroupement.

Sans doute alertés par leurs collègues, deux autres gendarmes entreprirent de dégager le carrefour.

« Allons, circulez... circulez ! Il n'y a rien à voir ! Circulez ! »

Pendant ce temps les autres, les premiers arrivés, relevaient le nom des témoins, prenaient des photographies du camion et du café. Lorsque ce fut fait, le chauffeur put dégager son véhicule en marche arrière.

Les postiers, les clients et les garçons, interrogés, avouèrent n'avoir rien vu et n'avoir entendu que le fracas de l'accident.

C'était une étrange vision que celle de la façade du café. Les tables et les chaises avaient été repoussées au fond de la salle et une partie du plafond, arrachée par la cabine du camion, les avait saupoudrées d'éclats de plâtre.

Peu à peu, le carrefour fut dégagé. La circulation reprit normalement. Les gendarmes avaient établi une zone de protection à l'aide de piquets métalliques et d'une corde garnie de flammes d'étoffe, rouges et blanches. Il fallait éviter que l'éventuelle chute de gravats ne blesse des passants.

Les garçons reprirent leurs vélomoteurs et quittèrent Châteauneuf.

***

Ce fut avant le repas de midi, quand Florent vint regarder les photocopies, que la catastrophe fut découverte !

« Où est donc la quatrième lettre ? demanda Florent.

— Mais... avec les autres ! répliqua Michel.

— Je vois les quatre photocopies.... oui... mais... attends... c'est bien ça, il manque l'original du père Pétard ! »

Michel, d'abord incrédule, vérifia à son tour. Florent disait vrai. Tout de suite, il comprit ce qui s'était passé. A cause de l'accident, il avait oublié de reprendre l'original, coincé dans le volet de la machine à photocopier !

« Ça, c'est complètement idiot ! murmura-t-il. Quelqu'un va trouver la lettre et la jeter ! Comment allons-nous expliquer ça au père Pétard ?

— Encore heureux si celui qui la trouve, la jette ou la détruit sans la lire ! soupira Florent.

— Tu crois que ça a de l'importance ? demanda Arthur.

— Et comment ! L'affaire des lettres anonymes a provoqué assez de remue-ménage, dans la région, tous les journaux en ont parlé ! N'importe qui, du pays, comprendra facilement de quoi il s'agit !

— Remarque, on n'a peut-être pas besoin de photocopier tellement souvent, dans une petite ville comme celle-là, intervint Daniel. Il se peut que la lettre soit toujours dans l'appareil et que personne n'ait eu besoin de se servir du photocopieur.

— Pourvu que ce soit vrai ! dit Florent.

– Il faudrait filer à Châteauneuf tout de suite, déclara Arthur. J'y vais !

– Inutile avant deux heures ! répliqua Florent. La poste est fermée à l'heure du déjeuner. »

La consternation rendit les garçons muets. C'était trop bête ! Reprendre une enquête, le plus discrètement possible, et commencer en oubliant l'une des lettres dans un lieu public !

« Heureusement que nous ne sommes pas superstitieux, déclara Michel. Sinon, après la mort de Caribe, cela fait la deuxième mésaventure de la journée. Jamais deux sans trois ! »

Le déjeuner fut morne. La tante et l'oncle s'étonnèrent un peu de l'air préoccupé des jeunes gens. Michel, en particulier, ne se pardonnait pas son étourderie. Il avait certes des excuses, mais il n'en restait pas moins que son oubli risquait de nuire définitivement à la discrétion de l'enquête.

Il consultait fréquemment du regard la grande horloge, impatient de retourner à Châteauneuf.

10

Malgré le faible espoir qu'il s'était efforcé de garder, Michel trouva l'appareil vide, quand il écarta le volet du photocopieur. Il éprouva un instant de découragement intense. Puis, une idée lui rendit un peu de courage. Qui sait si la personne qui avait trouvé la lettre, ne l'avait pas remise à l'un des postiers ?

« Une lettre ? Dans le photocopieur ? répondit le receveur. Oui, une cliente me l'a remise, ce matin. Je l'ai à peine regardée, j'ai eu fort à faire, toute la matinée ! Mais... je vous reconnais, vous étiez trois, ce matin ? Eh bien, justement...

– Vous l'avez toujours, cette lettre ? » demanda Michel, impatient.

L'autre manifesta une intense surprise.

« Eh bien justement, j'étais en train de vous dire que c'est votre camarade, le grand brun, qui est venu la réclamer, un peu avant midi ! Je la lui ai donnée, bien sûr !

— Mon camarade ? Un grand brun ? balbutia Michel, complètement ahuri par la nouvelle.

— Vous ne l'avez pas revu, depuis ? demanda le postier. Vous n'avez qu'à aller le trouver, il l'a votre lettre ! »

Michel avait l'impression de rêver. Un grand brun évoquait Arthur, bien entendu ; et il savait pertinemment qu'Arthur n'était pas revenu à Châteauneuf !

Qui donc avait pu réclamer la lettre ? Et surtout savoir qu'elle était entre les mains du receveur ?

La chose paraissait si invraisemblable que Michel sentit la tête lui tourner.

« Quelque chose ne va pas, mon garçon ? » s'étonna le postier.

Michel dut faire un effort de volonté pour recouvrer ses esprits.

« Heu... non, merci, monsieur, la surprise, tout simplement. Je m'attendais si peu... En effet, je n'ai pas revu le grand brun qui a repris la lettre. Excusez-moi ! »

Michel s'éloignait du guichet, lorsqu'une idée lui vint à l'esprit. Il revint vers le postier.

« Excusez-moi, monsieur, mais vous connaissez la personne qui s'est servie du photocopieur et y a trouvé la lettre ? »

Étonné à son tour, l'homme réfléchit.

« Je ne sais pas en quoi le fait de savoir ça peut vous intéresser, mais en effet, je la connais, et pour cause. C'est Mme Partol, la femme du maire, qui avait des documents à photocopier pour son mari. Elle est arrivée quelques minutes après votre départ. »

Hésitant, Michel demanda encore :

« Est-ce qu'il y avait d'autres clients, ici, quand cette dame vous a remis le papier ? »

De plus en plus surpris, le fonctionnaire se gratta une oreille.

« Vous savez, des clients, il y en a toute la matinée, surtout en cette période de l'année, avec les estivants qui téléphonent aux quatre coins de l'Europe ! Je suis incapable de vous dire exactement qui pouvait se trouver là à ce moment-là ! Mais j'avoue que je ne vois pas l'intérêt de... »

La sonnerie du téléphone dispensa Michel de répondre. Il remercia l'homme pour son amabilité et sortit. Il jeta un coup d'œil distrait à la façade endommagée du café et reprit le chemin de Sanoys.

Le problème restait entier. Pire, il se compliquait ! Comment comprendre qu'un garçon brun avait pu venir réclamer la lettre ?

Et puis... comment annoncer à Alcide Petitjean que son « brevet de braconnage » était entre les mains d'un inconnu ?

Tout en roulant, Michel s'efforçait d'y voir plus clair. Il avait oublié de poser une question importante au postier. *Le grand brun était-il présent quand la dame avait remis la lettre au guichet ? Ou était-il apparu seulement après ?*

« Il n'aurait pas compris ma question, se dit le garçon. Puisqu'il croit que c'est Arthur, mon ami, qui a réclamé la lettre ! Mais qui donc a pu prévenir l'autre ? C'est invraisemblable ! Et presque tout de suite, encore ! »

A force de réfléchir, Michel conclut que le mystère pouvait se réduire à deux possibilités.

« Ou bien le *garçon brun* était là, dans la poste, quand cette dame a trouvé la lettre et l'a remise au postier. Ou bien quelqu'un d'autre a été témoin de la restitution et n'a pas voulu attirer l'attention en réclamant lui-même le document. Il a pu envoyer le grand brun » ! »

Mais le fait d'analyser la situation aussi clairement ne suffit pas à réconforter Michel.

⁂

A la ferme, ce fut la consternation.

« Un grand brun ? répéta Florent, lorsque

Michel lui eut raconté l'échec de sa démarche. Ça peut être n'importe qui ! »

Il passa pourtant en revue tous les gens du village qui pouvaient correspondre à ce très vague signalement. En vain.

« Je ne vois personne qui aurait une raison particulière de s'intéresser à la lettre anonyme, conclut-il. A moins que ce quelqu'un connaisse le corbeau et ait voulu lui rendre service ?

— N'empêche que le secret de notre enquête est maintenant un secret de Polichinelle ! soupira Sophie.

— Heureusement, il nous reste les photocopies, intervint Arthur. Nous allons pouvoir continuer les comparaisons. Et cette fois, il faut que nous trouvions ! »

Ce fut une maigre consolation, mais chacun se remit au travail. Pendant un long moment, le silence régna dans la salle. Puis, tout à coup, Michel déclara :

« Au fait, il y a un grand brun auquel nous n'avons pas pensé !

— Lequel ? demanda Sophie.

— Celui qui dirigeait le groupe qui s'est attaqué à Cécile Ribert, l'autre jour, sur la route.

— Marcel ? s'exclama Florent. Il n'est pas assez intelligent pour comprendre quoi que ce soit à cette histoire !

— Pardon, répliqua Michel. Le grand brun est venu un peu avant midi ! Donc il a dû être envoyé par quelqu'un, par la même personne, peut-être, qui l'incite à attaquer Cécile et à clouer un corbeau sur sa porte ?

— Je ne crois pas que Marcel ait besoin d'être encouragé, répondit Florent. Il est assez bête et assez méchant pour trouver tout seul ce genre de plaisanterie idiote ! »

Michel ne parut pas convaincu.

« N'empêche que j'aimerais bien lui poser la question ! S'il est aussi idiot que vous l'affirmez, sa réaction devrait nous renseigner, surtout s'il était surpris ! »

Mais il était dit que le mystère allait encore s'épaissir.

***

Cette nuit-là, en effet, un vacarme surprenant se produisit dans la cour de la ferme.

Les garçons, réveillés en sursaut, ne comprirent pas tout d'abord ce qui se produisait. Mais bientôt les piaillements, les caquetages affolés, puis les meuglements des vaches leur firent comprendre qu'un événement grave alarmait les bêtes.

« Le renard, peut-être ? » se dit Michel se rappelant les paroles d'Alcide Petitjean.

Un mugissement plus puissant, celui de

Jules, sans doute, accompagna bientôt les aboiements de Dora. Une lueur étrange, rouge et dansante, apparut à travers les interstices des contrevents.

« Le feu... Il doit y avoir le feu ! » cria Arthur.

Même Daniel avait été réveillé par le vacarme.

Les trois garçons s'habillèrent sommairement, en toute hâte. Lorsqu'ils sortirent dans la cour, la lueur était devenue brasier... la grange flambait !

D'autres silhouettes parurent. Toute la famille Maugier venait de se précipiter au-dehors.

« Nathalie, téléphone aux pompiers ! cria Étienne. Rien à faire pour la grange ! Mais il faut protéger la maison et les étables ! »

Il monta dans le grenier de la maison pour pouvoir arroser les toits. Il lança une corde à laquelle fut accrochée la lance d'un tuyau d'arrosage, qui fut ainsi hissée jusqu'à la lucarne par laquelle l'oncle avait passé le torse.

Le jet d'eau était ridiculement petit à côté de l'intensité du brasier. Mais du moins les flammèches ne risquaient-elles pas de mettre le feu aux toits en se glissant entre les tuiles.

Nathalie et Sophie, aidées des garçons, firent sortir les vaches et les chèvres en les poussant à grands cris vers la prairie proche.

Il fallut plus d'une demi-heure pour que les pompiers arrivent. Il ne restait presque plus rien de la grange que des murs noircis, entre lesquels les derniers ballots de foin achevaient de flamber. Les poutres du toit avaient résisté. Elles flambaient, elles aussi, mais elles étaient restées en place. Les pompiers noyèrent l'ensemble et bientôt, dans la lumière de leur projecteur, on ne vit plus monter que quelques filets de fumée bleue qui ne cessèrent qu'après un arrosage insistant.

Le danger passé, les vaches et les chèvres furent, non sans peine, ramenées dans leur étable.

Les pompiers furent invités à venir se désaltérer dans la salle où Étienne apporta des pichets de vin.

« Faudra voir, demain, au jour comment le feu a pu prendre ! déclara le lieutenant.

— Oh ! y avait aucune raison pour que ça crame, dit Étienne. Le foin était bien sec et il n'était pas rentré d'assez longtemps pour qu'il y ait eu fermentation.

— Vous pensez à un acte de malveillance ? Quelqu'un qui vous en veut ? »

L'oncle haussa les épaules.

« Sait-on jamais ? répondit-il. De toute manière, demain je porte plainte.

— Vous êtes assuré, j'espère ? »

L'oncle eut un rire ironique.

« L'assurance ? Bien sûr, je recevrai de l'argent ! Mais ça ne me rendra pas mon bon foin. Je pourrai en acheter, mais il ne sera pas de la qualité de celui que j'avais fait pousser ! »

Étrange réunion, à une heure du matin. Tous portaient des traces noires sur le visage et les mains. Les casques brillants des pompiers — tous bénévoles et vêtus de leurs vêtements habituels — ajoutaient à l'insolite de la scène.

Florent, Sophie et les garçons s'étaient réunis dans la cour où les poules avaient enfin cessé leur remue-ménage.

« Après Jules, c'est signé ! constata Florent. Le corbeau veut absolument nous faire peur et nous obliger à cesser toute enquête !

— Tu crois ? balbutia Sophie.

— Tu as entendu papa ? Lui aussi y croit à l'incendie volontaire ! On verra demain, à l'enquête, si l'on trouve le brûlot !

— Le brûlot ? demanda Daniel.

— Eh bé, ce qui a servi à mettre le feu, pardi ! »

Il ne restait plus maintenant que l'odeur d'herbe brûlée qui flottait sur la cour.

Les pompiers repartirent, laissant les Maugier à leur émotion.

Tous finirent par retourner se coucher, mais le sommeil revint difficilement.

⁂

Le lendemain matin, ce fut un spectacle désolant qui s'offrit aux regards des garçons. Rien de plus triste que la vue des poutres entamées par le feu, se silhouettant sur le ciel du matin. Dans les coins, des balles de foin, à demi épargnées par le feu, s'entassaient encore.

L'eau avait coulé en ruisseaux qui avaient déposé un limon noir. Des flaques s'étaient formées où nageaient des brins de foin. Une fine cendre grise tapissait l'herbe et les feuillages très loin aux alentours.

« Ce sera comme ça jusqu'à la prochaine pluie », observa Florent.

Une atmosphère étrange flottait sur la ferme et ses habitants. On sentait que la routine quotidienne était bouleversée et que personne ne savait exactement quel travail commencer. Il fallait attendre les gendarmes et le lieutenant des pompiers qui allaient mener l'enquête.

Le petit déjeuner fut morne.

Il était plus de neuf heures lorsque la camionnette de la gendarmerie s'arrêta dans la cour.

Le lieutenant des pompiers en descendit avec le brigadier et un gendarme.

Étienne Maugier les accueillit et les conduisit jusqu'à la grange. Les trois hommes regardèrent la ruine, un instant en silence. Puis le brigadier demanda :

« Il nous faut un râteau, une pelle et une brouette.

— A votre disposition ! » dit Étienne.

En possession des outils, les gendarmes et le pompier commencèrent à ratisser le sol, près de la porte de la fenière : Ils procédaient lentement, ne chargeant sur la brouette que ce qui avait été minutieusement examiné.

Il fallut plus d'une heure de ce travail méticuleux avant que le pompier ne pousse une exclamation.

« Tenez, j'ai trouvé ! »

Il fallait un œil exercé pour découvrir, au milieu d'une touffe d'herbe à demi calcinée, des fragments de cire blanche, dans lesquels se voyaient encore des bouts de mèche.

« Un, deux, trois, quatre, cinq, compta le pompier. Un paquet de bougies ! »

Le brigadier sortit une enveloppe de papier fort de sa serviette et, après examen, y glissa les restes du « brûlot ».

« Inutile de continuer à chercher, dit-il. Je suppose que la grange était pleine et que l'on ne pouvait pas y pénétrer plus avant ?

— Exact, reconnut Étienne. Il restait juste la place pour les vantaux de la porte.

— Eh bien, je vais enregistrer votre

plainte, reprit le gradé. Je ne crois pas beaucoup au succès de notre enquête. Vous n'avez remarqué aucune trace suspecte de véhicule, dans le chemin qui conduit ici ?

— Vous savez, avec la voiture des pompiers qui est passée deux fois, je doute qu'on voie une autre trace ! répondit Étienne.

— Dans ce cas, le reste des bougies ne nous sera pas d'une grande utilité ! » soupira le brigadier.

Après le départ des gendarmes et du pompier, après qu'Étienne Maugier fut parti pour réparer une clôture endommagée, Michel, Daniel et Arthur s'affairaient à nettoyer le poulailler comme la tante Nathalie l'avait demandé, lorsqu'ils furent surpris d'entendre un vélomoteur qui pénétrait dans la cour.

Il ne leur fallut qu'un coup d'œil pour comprendre que les minutes qui allaient suivre ne pouvaient qu'être assez désagréables !

11

En effet, les garçons aperçurent Alcide Petitjean qui venait d'appuyer son vélomoteur contre la façade de la ferme.

Dora avait jeté un aboi mais, connaissant le visiteur, n'avait pas insisté.

« Y'a quelqu'un ? » cria l'homme en direction de la maison.

Michel sortit du poulailler.

« Les Maugier sont aux champs, monsieur, dit-il. Il n'y a personne... que nous ! »

L'homme sortit sa pipe de la poche de sa veste de toile bleue, la bourra tout en s'avançant lentement vers l'endroit où se tenaient les jeunes gens.

« C'est bien le foin de l'Étienne qui a brûlé ?

demanda-t-il. J'en suis tout retourné, pétard ! Comment ça s'est-y fait ? ».

Michel jugea prudent de rester évasif en haussant les épaules. Il n'était pas question un instant d'imaginer que l'arrivant pût être soupçonné, mais mieux valait laisser aux gendarmes l'avantage de la discrétion, quant à la découverte du « brûlot » de cinq bougies.

« Doit être dans tous ses états, l'Étienne ! poursuivit l'homme. Quelques jours à peine après les foins, pétard ! Pour un coup dur, c'est un coup dur ! »

L'homme prit le temps d'allumer sa pipe avec des gestes précautionneux.

Puis, sans un mot, il tira de sa poche une feuille de papier pliée en quatre, que les garçons reconnurent aussitôt. Bouche bée, ils contemplèrent l'original de la lettre, oublié la veille par Michel dans l'appareil photocopieur.

Alcide Petitjean retira sa pipe de sa bouche et déclara :

« D'habitude, le Justin — Justin, c'est le facteur — donc le Justin me laisse mon journal dans ma boîte, au bord de la route. Mais comme j'avais aussi c'te lettre, il est monté jusqu'à la maison, pour une fois. »

L'homme prit son temps. Il regardait fixement les garçons comme s'il attendait une explication qui ne vint pas.

« J'ai d'abord cru que c'était le corbeau qui recommençait ! Mêmes âneries, même écriture. Je ne pouvais pas croire que vous m'aviez posté la lettre au lieu de me la rapporter et me dire un petit bonjour ! »

Nouvelle attente.

« Et puis, j'ai tout de même bien vu que c'était l'ancienne. Le papier n'est plus guère frais ! Ça se connaît, pas vrai ? Remarquez, maintenant que j'ai vu c'te grange, je comprends que vous étiez pressés. Alors vous l'aurez mise à la poste ? »

Michel ne sut quoi dire. L'hypothèse avancée par le père Alcide l'arrangeait assez. Il était sans doute inutile de mettre le brave homme au courant des mésaventures de la lettre. Répugnant au mensonge, il garda un silence prudent. Puisque l'homme fournissait lui-même une explication plausible, mieux valait ne pas le détromper. Quitte à passer pour des timides... ou des impolis.

« Alors, comme ça, vous nettoyez le poulailler ? Vérifiez bien le treillage ! J'ai entrevu deux ou trois goupils[1] qui pourraient bien venir y goûter, à vos poules ! »

L'homme bavarda encore un moment, répétant son étonnement devant l'incendie de la grange, puis il repartit, emportant la lettre.

1. *Goupils* : renards.

« Ouf ! soupira Arthur. Les choses se sont mieux passées que je ne l'espérais ! C'est pratique, un homme qui fait la conversation à lui tout seul ! »

Des villageois vinrent, toute la matinée, voir la grange en ruine. C'était un événement important et plus d'un redoutait confusément que semblable mésaventure lui arrivât. Car pour tous, l'intention criminelle ne faisait aucun doute. On connaissait trop Étienne Maugier pour l'accuser de négligence.

Les garçons, une fois le sol bien gratté, entreprirent de badigeonner l'intérieur du poulailler avec un désinfectant.

Ils furent un peu surpris de s'entendre interpeller.

« Eh bien, dites donc, vous pourriez utiliser un parfum plus discret ! » s'exclama M. Leval.

Après un échange de salutations, l'homme déclara :

« Je plaisante, mais je viens de voir la grange ! C'est une catastrophe ! Étienne et Nathalie doivent être désespérés, non ? Toute la récolte ! Les gendarmes sont venus ? Qu'en disent-ils ? Je ne peux pas croire à une imprudence ! »

Après plusieurs considérations sur l'incendie, le journaliste reprit :

« Au fait, Nelly m'a mis au courant. Il paraît que vous vous intéressez aux lettres anonymes ? »

Et, sans attendre une réponse évidente, il ajouta :

« Méchante histoire, ces lettres. Un village si tranquille ! Un bon sujet de roman, d'ailleurs ! Si je trouve le temps... Mais vous avez une raison de vous intéresser à ça ? Un élément nouveau, peut-être ?

— Rien de neuf, monsieur, jusqu'à présent ! » dit Michel.

L'homme les enveloppa d'un regard un peu ironique.

« Pourtant, Nelly m'a dit que Florent voulait continuer l'enquête commencée par Constant Maugier ?

— Oh, c'est pour s'amuser, monsieur Leval, répliqua Michel. Il semble difficile d'espérer réussir là où la police et les graphologues ont échoué ! »

Redevenu grave, l'homme approuva :

« Paroles de bon sens, mes amis ! Sans compter que cela pourrait devenir dangereux ! Le corbeau occupe peut-être dans le village une position dont il n'aimerait pas être délogé ! »

Puis, comme si ces paroles n'avaient pas d'importance, il ajouta :

« Nathalie n'est pas là, je crois ? Tant pis

pour les fromages, je reviendrai, ou j'enverrai Nelly ! A vous revoir, les amis ! Vous êtes bien sympathiques mais j'aime mieux ne pas continuer à respirer l'horreur que vous utilisez ! »

Et l'homme s'en alla.

« Curieuse visite, estima Michel.

— Pourquoi ? L'incendie et les fromages justifient sa venue, non ? dit Daniel.

— D'accord, n'empêche que son avertissement sur la position sociale du corbeau qui ne tient pas à être délogé ressemble presque à une menace, répondit Michel.

— Remarque, c'est peut-être simplement une réflexion de bon sens, intervint Arthur. Il a réagi comme le feraient les gens qui ont de la sympathie pour nous.

— Sympathie... c'est à voir. Et puis, cette

idée de roman il a pu l'avoir... *avant !* » suggéra Michel.

Daniel et Arthur le regardèrent, étonnés :

« *Avant ?* Avant... *quoi ?* demanda Daniel.

– Une idée farfelue qui m'est venue. Mais, après tout, qu'est-ce qu'on en sait ? Un romancier en mal de sujet envoie des lettres anonymes, étudie les réactions des gens et en tire un roman... *s'il a le temps !* »

Les deux autres mirent un moment à digérer la supposition.

« Eh bé ! s'exclama Arthur. Tu vas vite en besogne, toi ! Tu as déniché le corbeau en rien de temps ! »

Michel sourit, hochant la tête.

« Malheureusement, ce n'est qu'une hypothèse. Avant que nous trouvions une preuve il coulera de l'eau... à la fontaine ! »

⁂

Florent et Sophie furent soulagés d'apprendre que la lettre était retrouvée, en dépit du mystère qui entourait le retour de celle-ci chez Alcide Petitjean.

Mais Nathalie Maugier fit diversion en appelant son fils.

« Florent... une lettre pour toi ! »

Surpris, le jeune homme alla chercher la missive et revint vers le groupe, tout en décachetant l'enveloppe. Il s'arrêta pile. Les autres le virent relire la lettre avant qu'il arrive près d'eux.

« Cette fois, nous l'avons notre réaction ! » dit-il.

Il tendit le papier à ses compagnons. Il ne leur fallut qu'un coup d'œil pour reconnaître les caractères qu'ils avaient étudiés déjà pendant des heures.

« L'odeur de la fumée du foin est agréable aux corbeaux ! Cessez de jouer aux idiots. Un ami qui vous veut du bien ! »

C'était daté de la veille.

« Il n'a pas perdu de temps ! constata Arthur.

— Il a peut-être perdu autre chose, déclara Michel. L'occasion de rester tranquille. Parce que cette lettre et l'incendie de la grange prouvent une chose : notre homme se trouvait hier matin à la poste de Châteauneuf... juste après nous ! C'est tout de même un indice sérieux, pour l'identifier.

— Tu oublies que le postier n'a pas pu te dire quels étaient les clients qui sont passés à la poste ce matin-là, protesta Daniel.

— Si, au moins un... une plutôt, la femme du maire. Elle se souviendrait peut-être, elle, si elle a rencontré quelqu'un qu'elle connaissait.

— Peut-être, dit Florent. Mais pour ça, il faudrait aller la voir. Et nous n'avons jamais eu affaire au maire de Châteauneuf. Je ne vois pas sous quel prétexte nous pourrions aller interroger cette dame ! »

Michel ne parut pas convaincu.

« Qui sait... il suffirait de trouver une raison... ou même de dire simplement la vérité !

— Sur l'enquête que nous essayons de mener ? protesta Florent.

— Pas forcément. J'ai oublié un document dans le photocopieur. Elle l'a remis au postier. Et quelqu'un l'a réclamé par erreur ! Peut-être l'aura-t-elle vu, dans la poste ?

— Si tu crois... murmura Florent.

— On peut essayer, en tout cas », affirma Michel.

***

Cet après-midi-là, pour la troisième fois en deux jours, Michel partit donc vers Châteauneuf.

Lorsqu'il traversa le village, il fut intrigué par ce qui se passait à l'épicerie. La porte de la grange était ouverte. Mme Ribert et Cécile transportaient au-dehors des cartons et des caisses qui semblaient en piteux état.

Il hésita, fit demi-tour et s'approcha.

« Puis-je vous aider ? » demanda-t-il.

Mme Ribert, les cheveux en désordre, le visage marqué par une étrange émotion le regarda sans sourire.

« Vous voyez... dit-elle. Voilà pourquoi on a empoisonné notre pauvre Caribe ! On est venu cette nuit dans la réserve et on a crevé les litres d'huile, renversé les bidons de white spirit[1] sur le sucre en y ajoutant des paquets de lessive ! »

Michel resta sans voix. Il pouvait contempler le résultat du vandalisme des visiteurs nocturnes.

Il alla poser son vélomoteur contre la façade de la maison et aida l'épicière et sa fille. Rien n'était récupérable parmi les denrées qu'il manipula. C'était une grosse perte pour l'épicière.

« Je ne m'en suis aperçue qu'à la fin de la matinée, expliqua Mme Ribert. Je n'avais pas eu besoin de venir à la réserve avant.

— Les gendarmes sont prévenus ? demanda Michel.

— Tenez, les voilà ! »

La camionnette bleue venait en effet de s'arrêter devant la boutique.

Michel n'ayant rien à voir dans l'affaire, déclara qu'il reviendrait et il s'en alla.

***

Il trouva assez difficilement la maison du

1. *White spirit* : essence spéciale pour diluer certaines peintures.

maire de Châteauneuf, isolée dans la campagne.

Un chemin empierré le conduisit dans un parc assez vaste, bien garni d'arbres, au milieu duquel se dressait une grande maison qui respectait le style régional. L'ensemble avait belle allure.

Michel sonna.

Un long moment s'écoula. Puis une silhouette fut visible à travers la porte vitrée. Le battant s'ouvrit et une dame blonde et élégante, aux cheveux courts, très frisés, apparut. Elle portait de fines lunettes cerclées d'or.

« Vous désirez, monsieur ? demanda-t-elle avec un sourire aimable.

— Je voudrais voir Mme Partol.

— C'est moi, entrez ! »

Michel pénétra dans un couloir tapissé de tableaux et de gravures qui dénotaient un goût très sûr. Il gravit un escalier de marbre et fut introduit dans une salle fraîche, meublée et décorée dans le style Empire. Un tourne-disque continuait à tourner, bien que le disque fût terminé. La femme du maire était certainement en train d'écouter de la musique quand il était arrivé.

Il fut invité à prendre place sur un canapé et son hôtesse alla chercher des jus de fruits.

Lorsqu'elle eut empli deux verres, elle s'assit dans un fauteuil.

« Que puis-je pour vous ? demanda-t-elle.

— Eh bien, voilà, madame... »

Il raconta son oubli et la disparition du document réclamé au postier par un grand garçon brun qui avait certainement commis une erreur.

Mme Partol réfléchit.

« Il faudrait donc que cette personne m'ait vue remettre le papier au postier ?

— C'est ce que je crois, madame.

— Et ce document avait de l'importance, pour vous ?

— Heu... oui... »

Mme Partol parut un peu embarrassée.

« Pardonnez-moi, mais je n'ai pas pu faire autrement que de jeter un coup d'œil, involontaire, au papier que j'ai trouvé et je n'ai lu qu'une phrase... une phrase qui m'a fait penser à une lettre anonyme. Est-ce que je me trompe ? Vous me paraissez trop jeune pour vous livrer à ce genre... d'activité ? »

Ce fut au tour du garçon de se sentir embarrassé.

« Écoutez, reprit-elle, il me semble que vous me racontez une histoire... Pardonnez ma franchise, mais j'estime que la vérité est toujours le meilleur moyen d'aboutir. »

Michel fut soulagé de ne pas être obligé de

continuer à mentir et lui raconta, très sommairement, la raison de leur expédition à Châteauneuf, et ce qui s'en était suivi.

Apprenant qu'il était le neveu des Maugier Mme Partol s'exclama :

« Mais, c'est bien chez vous qu'une grange a brûlé cette nuit ? »

Michel confirma. Puis la conversation revint au problème des lettres.

« En somme, si je comprends bien, vous n'êtes pas loin de supposer que la personne qui a fait reprendre la lettre à la poste serait le corbeau ? Ou tout au moins son complice. Et vous espérez que j'aurais aperçu cette personne ?

— C'est exact, madame. Nous pensons que, parmi les clients présents en même temps que vous à la poste, quelqu'un vous a vue remettre la lettre au receveur et a compris de quoi il s'agissait. »

Mme Partol se mordilla les lèvres.

« Vous m'embarrassez terriblement, dit-elle. Car, malheureusement pour vous, il ne m'est pas possible de soupçonner les deux personnes qui se trouvaient en même temps que moi au bureau de poste ! »

Bien que déçu par cette précaution oratoire, Michel attendit avec impatience les deux noms qu'on allait lui donner.

12

Mme Partol hésita un moment, puis elle se décida.

« Eh bien, il y avait ce journaliste, ce Parisien installé à Sanoys depuis quelques années. Son nom m'échappe, pour le moment...

— M. Leval ?

— C'est ça ! Mais j'avoue que je le vois mal en corbeau ! »

Michel ne fit aucun commentaire.

« Et... la seconde personne ? demanda-t-il.

— La fille de votre épicière, Cécile Ribert. Mais je n'ai jamais cru à la culpabilité de Mme Ribert dans cette affaire ! »

Michel était abasourdi. Il avait espéré que son entretien avec la jeune femme allait lui apporter le nom d'un inconnu dont Florent et Sophie auraient pu dire s'il était un coupable possible... et voilà qu'il ne restait, en somme... *que M. Leval !*

« Vous semblez déçu ! constata son interlocutrice. Vous vous attendiez à quelqu'un en particulier ? Quel qu'un d'autre, je veux dire ?

— Non, pas exactement. Mais, moi non plus, je ne vois pas M. Leval écrivant des lettres anonymes. Et pourtant, je peux vous avouer que j'avais eu une idée stupide. Je m'étais dit qu'il avait pu le faire pour étudier les réactions des gens et trouver le sujet d'un roman !

— Comme vous y allez ! s'exclama Mme Partol en riant. Je ne me permettrai pas de répéter que votre idée était stupide... mais je la trouve assez... surprenante ! Je constate que vous n'envisagez pas la culpabilité de Mme Ribert. La pauvre femme ! Sa situation ne doit pas être facile, dans un aussi petit village. J'ai même craint, un moment, qu'elle ne soit obligée de quitter le pays. Sa fille, Cécile, était dans la même classe que ma fille Laure, au C.E.S. Cécile a connu quelques difficultés avec les autres élèves de sa classe, au moment de l'affaire. Mais en définitive les choses se sont arrangées, après intervention du directeur.

— Elles sont pourtant très sympathiques, Mme Ribert et sa fille.

— N'est-ce pas ?

— Le drame, dans cette histoire, c'est que tous ceux qui pourraient être les coupables sont sympathiques ! »

Michel bavarda un moment encore, puis il prit congé, déçu du résultat de sa démarche, mais satisfait d'avoir parlé avec quelqu'un d'intelligent et de sensible.

*
**

Lorsque Michel arriva à la ferme, il pénétra dans la cour en même temps que M. Pignon. L'homme s'était arrêté pour examiner la grange incendiée.

« Quelle catastrophe, n'est-ce pas ! constata-t-il. Les Maugier ne méritaient pas ça ! J'espère qu'ils ont prévenu les gendarmes ? »

Sophie, qui venait d'apparaître, entendit la question.

« Ils sont venus, répondit-elle. Ils ont même découvert le paquet de bougies qui a servi de brûlot. »

La stupéfaction de l'homme fut intense. Il mit quelques secondes avant de s'exclamer :

« Des bougies ? Il n'y a donc aucune possibilité pour que ce soit un accident ? C'est bien un incendie criminel ? Comment d'aussi braves gens que vos parents peuvent-ils avoir des ennemis ? C'est incompréhensible ! La nature humaine n'est décidément pas très belle ! Toute la récolte a brûlé, si j'ai bien vu.

— Hélas, oui ! »

Après un silence l'homme reprit :

« Des bougies ? Voyez-vous ça ! J'en ai une peur bleue et je n'en ai jamais voulu chez moi, malgré le pittoresque d'un dîner aux chandelles ! Non seulement pour l'odeur, mais une bougie renversée par mégarde peut occasionner de graves dégâts ! En cas de panne, j'ai une lampe à butane qui éclaire beaucoup mieux. Au fait, en parlant de bougies... je viens de voir les gendarmes, chez les Ribert. J'espère qu'il ne leur est rien arrivé de fâcheux ? Mme Ribert semblait faire l'inventaire de caisses ou de cartons, devant chez elle.

— Un accident, je pense, dit prudemment Michel. Un bidon renversé qui a peut-être occasionné quelques dégâts ! »

Pignon le regarda d'un air surpris, mais se rapprocha de Sophie.

« Je suis venu un peu par curiosité, bien sûr, avoua-t-il. Mais je voulais aussi demander à votre maman si elle s'est décidée, pour l'envoi de ses fromages à Paris ? Comme je le lui avais suggéré ?

— Vous savez, monsieur Pignon... en ce moment ! répondit la jeune fille évasive.

— Je comprends. Votre mère a eu trop de travail et de soucis pour réfléchir à ma proposition. Je crois pourtant que ce serait une bonne chose, pour elle. Un débouché vers la capitale lui éviterait d'avoir à se déplacer pour se rendre sur tous les marchés de la région. Vous savez que Cora, ma gouvernante, ne veut pas d'autres fromages que les fromages Maugier ! Et elle s'y connaît. C'est elle qui m'a appris votre malheur, ce matin. Elle en avait les larmes aux yeux ! Je crois que votre maman et Cora ont été à l'école ensemble ?

— Je crois, oui, monsieur. Et elles se sont fréquentées par la suite.

— C'est une femme d'intérieur parfaite. Je me demande comment il ne s'est pas trouvé un homme pour l'épouser ! Sa maison aurait été bien tenue ! »

Michel évoqua la dame à cheveux gris qui se rendait chez Petitjean alors que ses amis et lui en revenaient. Il éprouva quelque difficulté à imaginer cette dame en jeune fille.

Après avoir de nouveau manifesté sa sympathie et son indignation, le visiteur s'en alla. Florent, Daniel et Arthur sortirent d'une étable et vinrent retrouver Sophie et Michel.

« Alors, cette visite ? demanda Florent.

— Mme Partol n'a remarqué que M. Leval et Cécile Ribert, comme clients au moment où elle se trouvait à la poste et où elle a remis la lettre au receveur. »

La surprise rendit les autres muets, un instant.

« Cécile... impossible ! dit Sophie.

— Reste M. Leval, constata Florent. C'est tout aussi incroyable ! Il cacherait bien son jeu ! Et puis, passe encore pour les lettres anonymes, mais venir libérer Jules la nuit et mettre le feu à la grange, jamais je ne croirais ça de lui !

— Tu oublies l'empoisonnement de Caribe et la mise à sac de la réserve de l'épicerie !

— Quoi ? s'étonna Florent. Qu'est-ce que tu nous chantes là ? »

Michel raconta ce dont il avait été témoin, en partant pour Châteauneuf. L'indignation de ses interlocuteurs fut à son comble.

« C'est d'une lâcheté sans nom ! affirma Florent.

— En attendant, si les gendarmes ne se hâtent pas de découvrir le coupable, Mme Ribert n'aura bientôt pas d'autre ressource que de mettre la clef sous la porte ! conclut Michel. Pour en revenir à M. Leval et à Cécile, il faut bien que ce soit l'un des deux qui ait averti le corbeau pour qu'il fasse retirer la lettre par le grand brun.

— A moins que Mme Partol n'ait pas vu tout le monde, suggéra Arthur. Il faudrait savoir si quelqu'un d'autre ne se trouvait pas là, à ce moment-là ?

— Il faudrait, maugréa Florent, il faudrait... On ne peut quand même pas demander à Cécile si c'est elle qui a averti le corbeau, non ?

— Bien sûr que non ! répondit Michel. Mais puisque nous savons qu'elle était là, il suffit de lui poser la même question qu'à Mme Partol ! Elle aura peut-être remarqué quelqu'un d'autre parmi les clients ?

— Comme ça, d'accord », répondit Florent.

Puis, après un instant de réflexion, il ajouta :

« D'ailleurs, j'y vais... j'y vais tout de suite ! »

Michel sourit en constatant l'empressement de son cousin. Il venait de se souvenir de l'expression imagée qu'avait employée le père Pétard... « *Est-ce que Florent n'aurait pas un œil pour la Cécile ?* ».

***

Florent revint beaucoup plus tard. En proie à une colère froide.

« Jamais vu une pareille imbécillité ! dit-il. S'attaquer à du sucre, des bouteilles d'huile... faire un tel gâchis ! Je ne suis pas violent, je pense, mais si je tenais celui qui a fait ça, je crois que je lui ferais avaler le sucre trempé dans l'essence, avec un peu d'huile, pour que ça passe mieux ! »

Il finit par se calmer un peu et ajouta :

« Michel, ta démarche auprès de Mme Partol est un succès, indirectement. Bien sûr, tu as dû lui demander quels étaient les *clients* qui se trouvaient en même temps qu'elle au bureau de poste ?

— Exact !

— Eh bien, ce n'est pas un *client* qui a dû renseigner le corbeau !

— Ne me dis pas que c'est le receveur ou son employé ? protesta Michel.

— Non, évidemment. Mais Cécile a aperçu un garçon de la bande à Marcel, un blond qu'elle a très bien reconnu. Il travaille comme porteur de dépêches pendant les vacances. Il faisait partie des quatre que vous avez mis en fuite, l'autre jour. Pour moi, aucun doute, c'est lui qui aura prévenu Marcel et celui-ci sera revenu chercher la lettre !

— Et comme le corbeau a réagi, c'est donc que Marcel connaît le corbeau, conclut Arthur.

— Il ne nous reste plus qu'à trouver ce Marcel et à le faire parler », dit Daniel.

C'était évidemment la première idée qui venait à l'esprit. Marcel — le grand brun — était le seul maillon qui pût permettre de remonter jusqu'au corbeau.

Le retrouver devait être assez facile. Quant à le faire parler, c'était sans doute une autre affaire !

« Nous pourrions du moins essayer de le surveiller, suggéra Michel, nous finirions bien par découvrir qui il rencontre ?

— Cela va prendre du temps ! soupira Florent. D'ailleurs en parlant de surveiller, il m'est venu une idée... »

Florent parut réfléchir encore avant d'exposer son plan.

« Voilà, dit-il enfin. Si on a empoisonné Caribe, c'est qu'on voulait se débarrasser du gardien des Ribert. La preuve c'est que, dès cette nuit, on a agi ! Si vous acceptez, les gars, nous pourrions, à quatre, surveiller la boutique de Mme Ribert chacun une partie de la nuit. Ce serait peut-être encore le meilleur moyen de coincer le complice du corbeau, non ? »

La proposition surprit tout le monde. Sophie réagit la première.

« Surveiller la boutique... d'accord... mais d'où veux-tu la surveiller ? De la mairie, de l'école ? Il n'y a pas tellement de cachettes, au hameau ! »

L'objection était valable.

Mais Florent devait avoir sûrement réfléchi à son projet car il répliqua :

« En fait, l'endroit rêvé, ce serait dans la réserve de l'épicerie ! »

Un instant interloqués, les autres ne réagirent pas. Encore une fois ce fut Sophie qui objecta :

« Cela va faire trop d'allées et venues la nuit... vous serez repérés.

— Pas du tout ! Nous pourrions passer quelques nuits, tous les quatre, dans la réserve, en veillant chacun à notre tour. Vous seriez d'accord ? »

Michel regarda son cousin Daniel puis Arthur. Ceux-ci acceptaient, visiblement.

« Eh bien, c'est entendu, Florent. Il faut prévenir Mme Ribert.

— Je vais le faire. De toute façon, je ne pense pas qu'il se produise quelque chose cette nuit. Nous pourrions commencer demain soir ! »

***

Florent revint. Après s'être montrée assez réticente, Mme Ribert avait fini par accepter la proposition. Elle n'avait mis qu'une condition, c'était de la laisser installer deux matelas dans la réserve, afin que les garçons puissent dormir après ou avant leur temps de veille.

« Nous passerons par-derrière, expliqua Florent, comme ça personne ne nous verra entrer dans la grange. »

A la réflexion, Michel conclut que Florent n'avait pas eu une mauvaise idée. Puisque la boutique de Mme Ribert semblait être devenue la cible du corbeau et sans doute de ses complices, c'était un bon moyen de les démasquer en les prenant en flagrant délit.

⁂

Ce soir-là, de nouveau réunis dans la salle de Constant Maugier, les jeunes gens s'efforçaient de faire le point de la situation. Après la « sortie » de Jules, après l'incendie de la grange, l'empoisonnement de Caribe et la mise à sac de l'épicerie, il fallait redoubler de prudence, laisser croire au corbeau que sa menace avait produit son effet et que l'enquête était abandonnée.

Michel n'avait participé à la discussion que d'une manière assez distraite. Il semblait préoccupé, en train de réfléchir profondément.

Sophie en fit la remarque.

« Hé oui, Sophie, dit Michel. J'étais en train de me dire que l'oncle a dû utiliser l'indice qu'il a découvert, sur ses brouillons. C'était une façon de prouver au corbeau qu'il était démasqué !

— Bon, tu as peut-être raison, répondit Florent. Mais ces brouillons nous les avons bien regardés !

— Oui, mais simplement pour les comparer aux autres lettres ! Je crois que si nous nous contentions de chercher ce qui sort de l'ordinaire, parmi les caractères tracés par l'oncle, nous aurions l'indice !

— On peut essayer », reconnut Florent.

Ils sortirent les quatre feuilles trouvées dans le grenier et les posèrent sur la table.

Ils étudièrent à nouveau tous les caractères. En vain. Ils allaient abandonner lorsque Michel déclara :

« Je me demande pourquoi certains chiffres sept sont barrés et d'autres pas ? Il n'y a que les Anglais qui ne barrent pas leurs sept ! Faites voir les photocopies ? »

A peine y eut-il jeté un coup d'œil qu'il poussa un cri de triomphe.

« C'est ça... c'est ça... regardez ! Sur les lettres, *aucun sept n'est barré !* »

L'évidence ne suffit pas à convaincre les autres.

« Mais... qu'est-ce que les Anglais auraient à faire dans notre histoire ? demanda Sophie. En dehors des Benhog qui ne sont jamais là, sauf un mois par an, je ne vois pas d'Anglais dans la région !

— N'empêche que ces sept non barrés existent et que ce sont les seules anomalies que nous ayons relevées sur les lettres ! Il n'y a pas à sortir de là ! insista Michel. Aucune autre erreur ou omission ! »

Les autres restèrent silencieux un moment.

« Écoute, Michel, reprit Florent, je veux bien admettre que tu aies raison. Les sept ne sont pas barrés ! Mais grand-père ne connaissait pas l'anglais et je ne vois pas comment il aurait su que les Anglais ont cette particularité ! »

C'était évidemment un argument de poids. Pas pour Sophie pourtant.

« Tu oublies que grand-père a fait son service dans la Marine ! dit elle. Il a pu connaître des marins anglais, ou vu des documents anglais ! Il était assez observateur pour remarquer ce détail ! »

Florent ne parut pas tout à fait convaincu.

« Quand même, répéta-t-il, quand même ! »

Pourtant, l'idée fit son chemin.

« Supposons que Michel ait raison, dit Florent. Cela éliminerait tous les gens nés ici ? Ou dans la région et qui n'ont pas pu faire des études en Angleterre à un âge assez jeune pour y apprendre à écrire ?

— Exact ! restent les parachutés, pour parler comme Nelly Leval, dit Michel. Quelqu'un qui se serait installé ici depuis suffisamment longtemps pour bien connaître les familles... et pouvoir dire quelques vérités dans les lettres anonymes !

— Ils ne sont pas nombreux, ceux-là, dit Florent. Leval, Pignon, Mme Ribert... et les Benhog, mais eux je ne vois pas comment ils auraient pu connaître les détails concernant le père Pétard, par exemple !

— Et comme Pignon et les Benhog n'étaient pas ici au moment de l'affaire, il ne reste que Leval, encore une fois ! » déclara Arthur.

Cette conclusion troubla chacun des jeunes gens. Se pouvait-il qu'un homme aussi ouvert, aussi sympathique, puisse s'abaisser à n'être qu'un vulgaire « corbeau » et un incendiaire ? Avait-il fait des études en Angleterre ? Ou mieux, était-il d'origine anglaise ?

Daniel eut une idée farfelue.

« Et si Leval, justement, connaissant la particularité des sept non barrés, avait utilisé, *exprès,* ce détail pour mieux égarer l'enquête, ou des chercheurs moins astucieux que nous ? »

La plaisanterie dérida ses compagnons.

« En fait d'astuce, nous n'avons guère brillé, jusqu'ici, déclara Michel. On doit faire mieux dans le genre ! »

Tous restèrent pensifs, à réfléchir sur la façon d'utiliser la découverte de Michel.

Sophie suggéra un moyen d'en vérifier le bien-fondé.

« Il suffirait de faire écrire des sept par un certain nombre de personnes, dit-elle. Nous verrions bien celui qui ne les barre pas !

— Évidemment, répondit Florent, ironique. Nous allons arrêter les gens que nous rencontrerons et nous leur proposerons d'écrire des sept. »

Sophie, boudeuse, haussa les épaules.

« Idiot ! dit-elle. On pourrait trouver autre chose... je ne sais pas, moi... un jeu... le jour de la vogue[1], par exemple.

— Pas mal, intervint Arthur. Ou un questionnaire du genre sondage d'opinion ? »

Ce fut à qui proposerait un moyen pratique de faire écrire des sept par tout le monde. En définitive, ce fut Daniel qui suggéra un procédé qui souleva l'enthousiasme.

« Et si l'on décidait de faire une tombola, le jour de la vogue, justement, proposa-t-il. On pourrait écrire des billets, à la main, avec un cachet officiel... celui de la mairie, peut-être ?

— Ou celui du Syndicat d'initiative intercommunal ? » dit Florent.

C'était évidemment un moyen pratique.

« Mais, en quoi le fait de faire une tombola... commença Sophie.

— Tu vas comprendre. Écrire plusieurs centaines de billets sera un travail assez long. Nous profiterons d'une réunion du Syndicat d'initiative pour faire participer tous les présents à la confection des séries de billets. M. Leval fait partie du Syndicat ?

— Oui, M. Pignon aussi, et Mme Ribert. Les Benhog et les Salmon. Au fait ils ont été bien gentils, les Salmon, d'accepter de donner un chien à Mme Ribert.

---

1. *Vogue* : nom donné à la fête du pays.

— On pourra faire écrire les billets par séries. De 1 à 9, de 10 à 19... en faisant mettre aussi la date nous aurons au moins deux sept par personne !

— Quatre, par personne, intervint Michel. Il faut un billet pour la vente et un billet pour le tirage !

— Mais on ne pourra pas surveiller tout le monde en même temps ? objecta Sophie. Comment savoir qui ne barrera pas ses sept ?

— Il suffira de noter, sur une liste des présents, la série que chacun aura à écrire. Nous retrouverons facilement celui qui aura oublié de barrer ses sept... si nous avons la chance qu'il y en ait un ! dit Michel.

— Pas bête, ton idée, reconnut Arthur.

— Vous voyez, comme je le disais tout à l'heure, à nous tous, nous sommes des chercheurs astucieux », conclut Michel.

***

Dès le lendemain, Florent et Sophie entreprirent de convaincre le maire du village de l'intérêt que présentait la tombola. Ils y parvinrent d'autant plus facilement qu'ils avaient, avec Michel, Daniel et Arthur, résolu d'avance tous les problèmes relatifs à la collecte des lots et à la fabrication des billets.

Les jeunes gens n'avaient rencontré qu'un

seul obstacle : le soir de la réunion du Syndicat, il faudrait que Florent assiste à la séance. Michel Daniel et Arthur assureraient seuls la surveillance de la grange, chez Mme Ribert.

*
**

La réunion eut lieu trois jours plus tard. Les trois nuits passées dans la réserve de l'épicerie avaïent été d'un calme absolu. Le corbeau attendait sans doute que l'émotion suscitée par son mauvais coup soit un peu calmée et que la vigilance que celui-ci avait dû provoquer s'émoussât.

Seuls Sophie et son frère assistèrent à la séance. Sous prétexte de travailler dans l'ordre, ils utilisèrent les services de Cécile Ribert et de Nelly Leval pour dresser la liste des présents et relever les séries écrites par chacun.

Après une courte allocution du maire pour annoncer la tombola, Florent expliqua pourquoi il lui fallait la participation d'un certain nombre de volontaires pour la fastidieuse besogne de la confection des billets.

M. Leval, M. Pignon et bien d'autres se montrèrent enthousiastes pour le projet.

Les cartons furent ramassés dans l'ordre et placés dans deux boîtes, chaque dizaine bien maintenue par un élastique.

On demanda des volontaires pour collecter les lots.

L'ordre du jour de la réunion comportait un certain nombre de questions diverses qui furent assez longuement débattues. En particulier, l'organisation d'un tournoi de sixte[1] fut décidée.

Florent n'en pouvait plus d'impatience. Il avait hâte de retrouver Michel et ses compagnons, afin d'examiner les fameux cartons.

Sophie, pour une fois, accompagna son frère jusqu'à la grange. Elle avait bien trop envie de savoir, elle aussi, pour retourner à la ferme.

Michel veillait, lorsque le frère et la sœur pénétrèrent dans la grange-réserve.

A la lumière d'une lampe électrique, sur une caisse de conserves, ils disposèrent les séries qu'ils examinèrent, en suivant la liste des rédacteurs.

Lorsqu'ils eurent terminé, ils avaient découvert *douze sept non barrés !*

Sur les douze, huit avaient été écrits par les Benhog, ce qui était normal...

En découvrant qui était l'auteur des quatre autres, la surprise rendit les trois jeunes gens muets !

---

1. *Tournoi de sixte* : parties de football avec des équipes réduites à six joueurs.

13

« M. Pignon ! murmura Sophie. C'est sûrement une erreur ! Tu ne t'es pas trompé, Michel ? »

Interloqué, celui-ci reprit la liste, compara les numéros de la série.

« Non, pas d'erreur... notre Pignon ne barre pas ses sept ! »

Un nouveau silence marqua cette affirmation.

« Bon, reprit Florent. Ça veut dire une chose. L'idée de Daniel était bonne, mais elle vient d'échouer Parce que Pignon *ne-peut-pas-être-le-corbeau !* Primo, il n'était pas là au moment de l'affaire, secundo je ne vois pas l'ombre d'une raison pour qu'il ait écrit ces lettres afin d'obliger Mme Ribert à quitter le pays ! Il y a sûrement une autre explication.

— En attendant il y a un mystère Pignon, déclara Michel. Pourquoi écrit-il ses sept comme un Britannique ?

— Mon vieux, comme nous ne pouvons pas le lui demander, j'ai bien peur que le mystère ne reste entier ! répondit Florent. C'est peut-être simplement le fait du hasard ! »

Pourtant, Michel acceptait difficilement l'idée que le résultat de l'expérience, parce qu'il aboutissait à M. Pignon, fut à écarter aussi simplement.

Certes, l'homme avait bonne apparence. Il se montrait aimable, serviable même à l'égard des Maugier. Il avait été absent, à l'époque de l'affaire... *mais des lettres peuvent s'envoyer de n'importe où !* Ou même être postées par un complice !

Florent prit le tour de garde, après avoir été reconduire sa sœur à la ferme. Michel s'allongea sur le matelas.

Il trouva difficilement le sommeil.

Il s'astreignit à passer en revue tous les incidents et les découvertes qu'ils avaient pu faire, ses cousins, Arthur et lui, depuis que Florent leur avait fait partager le secret de l'oncle Constant.

Lorsqu'il en fut à l'épisode de la photocopie, à la poste de Châteauneuf, une évidence s'imposa à lui.

« Mme Partol n'a pas parlé de Pignon. Donc ce n'est pas lui qui a pu faire réclamer la lettre de Petitjean. A moins que le garçon blond, le télégraphiste, l'ait renseigné. C'est peut-être de ce côté qu'il faudrait chercher ? »

Le personnage de M. Leval l'intriguait.

« Évidemment, ce soir, il a barré ses sept ! Mais, si par hasard, il avait fait exprès de ne pas barrer ceux des lettres anonymes, cela ne prouve rien ! »

Assez curieusement, une image s'imposait à l'esprit du garçon. Un grand brun, ressemblant vaguement à Arthur, tendait à un personnage dont Michel ne voyait que le bras et la main la lettre d'Alcide Petitjean.

« Quelle importance ? » se dit le garçon, agacé par l'insistance de cette image. Cette main, tenant une feuille de papier s'imposait à lui...

Ce ne fut qu'un bon moment plus tard que l'idée prit forme avec une force qui le fit se rasseoir dans son lit.

« *Ce serait trop beau !* se répétait-il. *Ce serait trop beau !* »

Car il venait de se dire que, presque certainement, le corbeau avait touché et la lettre de Petitjean et la lettre de menace... *et y avait laissé ses empreintes digitales !*

Mais, presque aussitôt, Michel se dit que la trop fameuse lettre devait fourmiller d'empreintes digitales : celles de Petitjean, celles des gendarmes, peut-être, du postier, de Mme Partol et du garçon brun.

« Des spécialistes pourraient s'y retrouver quand même ? soupira-t-il. C'est une petite chance, mais je crois qu'il faut la courir. »

Satisfait d'avoir trouvé cette possibilité, Michel finit par s'endormir.

***

Le lendemain matin, lorsque Michel lui expliqua l'idée qui lui était venue avant de s'endormir, Florent se montra réticent.

« Il faudrait passer par les gendarmes, dit-il. Et ils avaient bien recommandé à grand-père de ne pas se mêler de l'enquête. Le conseil reste valable pour nous !

— Mais... en leur apportant les deux lettres, on ne se mêle pas de l'enquête, Florent, protesta Michel. C'est seulement un élément nouveau...

— Tu penses bien que cette histoire d'empreintes, ils ont dû y penser, au moment de l'affaire. Je crois même me souvenir qu'ils avaient conclu que le corbeau s'était certainement servi de gants. Et puis, il faudrait comparer les empreintes des lettres avec celles d'une bonne douzaine de gens, au moins ! »

Michel se garda bien d'insister ce matin-là. Un peu déçu, sans doute, il se souvint d'une réflexion de Florent, la veille, quand ils avaient découvert que c'était Pignon qui n'avait pas barré ses sept, sur le billet de tombola. Florent avait dit qu'il ne voyait aucune raison pour que l'homme cherche à nuire à Mme Ribert.

« Il ne voit pas, lui... mais peut-être que Mme Ribert, elle, le verrait ? »

Peut-être existait-il, dans le passé de l'épicière, un fait qui pouvait avoir un rapport mystérieux avec Pignon ? Ou avec quelqu'un que Pignon avait connu ?

C'était une supposition assez fragile. Aussi Michel décida-t-il de questionner discrètement la jeune femme, avant de repartir à la ferme.

Florent était pressé, ce matin-là. Il devait aplanir, au bulldozer, une prairie en friche, située derrière la mairie afin d'en faire un terrain pour le tournoi de sixte.

Aussi Michel laissa-t-il Florent regagner les Tuiles, en compagnie d'Arthur et de Daniel. Resté en arrière, il demanda à l'épicière de lui permettre de bavarder un moment avec elle.

« J'aurais mauvaise grâce à refuser, dit-elle. Vous êtes nos anges gardiens, à Cécile et à moi ! Alors, qu'aimeriez-vous savoir ? »

Michel ressentit un certain embarras.

« C'est assez délicat, madame, dit-il. Je ne voudrais pas raviver de mauvais souvenirs, mais nous aurions besoin de savoir une chose...

— Nous ?

— Florent, Sophie et mes camarades.

— Eh bien, si vous le jugez utile, je vous écoute. »

Michel réfléchit un instant avant de continuer.

« En toute franchise, nous sommes certains que vous n'êtes pas le corbeau, dit-il. Seulement, comme celui-ci a voulu vous compromettre, nous nous demandons quelle peut bien être la raison qui expliquerait son acharnement.

— Une raison ? murmura Mme Ribert, pensive.

— Oui... Est-ce que dans le village, ou dans les environs, vous connaissez quelqu'un qui aurait un motif de vous en vouloir à ce point ? »

Mme Ribert fronça les sourcils. Elle faisait visiblement effort pour rassembler ses souvenirs.

« Je me suis moi-même posé la question, répondit-elle, après un assez long silence. Je crois pouvoir dire que, dans ma vie, je n'ai jamais eu d'ennemi ; sans doute parce que je n'ai jamais fait de mal à quiconque, volontairement du moins. Et je ne vois vraiment pas qui pourrait avoir des raisons ici de m'en vouloir à ce point ! »

Cécile intervint.

« Sauf, peut-être, à cause de papa, maman ? A cause de ton mariage ? »

Une ombre passa sur le visage de la jeune femme. Elle ferma les yeux un instant. Michel se sentit indiscret. Ce n'était pas lui qui avait posé la question, mais il n'en restait pas moins qu'il s'agissait d'un problème familial, intime...

« Évidemment, pour les gens de Sanoys, pour ceux qui m'ont connue il y a... presque vingt ans, maintenant, je reste celle qui a entraîné à la ville ton pauvre père... Voyez-vous, Michel, les choses ne sont jamais simples, même si les gens les jugent telles ! J'ai connu mon mari ici, alors que je venais en vacances. Antoine Ribert appartenait à une famille de cultivateurs qui ne possédaient qu'une petite ferme et il n'y avait pas de place pour les deux garçons Antoine et son frère René. C'est la raison pour laquelle Antoine a préféré aller travailler en ville et laisser les terres à son frère. Je n'ai été pour rien dans sa décision. Mais les gens du village n'ont vu qu'une chose : j'étais la citadine qui entraînait un garçon hors de son milieu ! Je l'ai bien senti en revenant ici. J'étais un peu comme une intruse. Mais, de là à monter toute cette histoire pour m'obliger à partir, il y a un fossé que je me refuse à franchir. René Ribert a vendu la ferme, pour aller en ville, lui aussi. Non, je ne crois pas que ce soit là la raison de l'acharnement du corbeau ! »

Michel fut un peu déçu.

« Je comprends, dit-il. Il semble que les gens du village, les "nés-natifs", comme dit M. Leval, n'aient pas de raison suffisante pour vous en vouloir. Mais... les autres, les "parachutés", selon l'expression du même M. Leval ? C'est-à-dire M. Leval, M. Pignon, les Benhog... »

Mme Ribert manifesta un étonnement intense.

« Je crois que vous faites fausse route, Michel. Les Benhog sont, avec M. Leval, M. Pignon et les Maugier les seuls clients fidèles de cette maison. M. Pignon a même un compte chez moi, parce qu'il n'aime pas faire les courses lui-même. Il fait prendre son épicerie par Cora, sa gouvernante. Si vous l'avez vu ici, le jour de votre arrivée, c'est parce qu'il venait régler ses achats du mois ! De plus, je sais par Cora qui aime bien bavarder, que M. Pignon prend ma défense chaque fois qu'il en a l'occasion ! »

Michel ne fut pas convaincu.

« Et vous n'aviez jamais rencontré aucun d'eux, avant de venir ici ?

— Certainement pas ! Je suis assez physionomiste et je n'aurais pas manqué de les reconnaître. Mais... pourquoi ces questions ? Vous n'allez pas supposer que l'un de ces messieurs pourrait être le corbeau ?

— Nous n'en savons rien, madame ! Il y a simplement que nous croyons avoir découvert un indice dans certaines des lettres anonymes qui nous oriente davantage vers les nouveaux venus que vers les gens du village. »

Mme Ribert se rembrunit.

« Je vous suis reconnaissante de prendre ainsi fait et cause pour moi, dit-elle, mais je me permets de vous conseiller la prudence. J'ai trop souffert — et je souffre encore — de la situation qui m'a été faite pour que je ne redoute pas de nouveaux remous ! Vous me comprenez, n'est-ce pas ? »

Michel ne put qu'approuver.

Mme Ribert parut hésiter avant de poursuivre :

« Est-ce que vous ne croyez pas que les Maugier soient visés par le corbeau, justement parce que vous avez voulu reprendre l'enquête ? L'incendie de la grange en est une preuve ?

— Justement, à propos de la grange... je

suppose que les gendarmes vous ont demandé si vous aviez vendu des bougies à quelqu'un du village ? »

Cette fois, Mme Ribert sourit.

« Les dîners aux chandelles sont à la mode parmi les estivants ! Et je n'ai pas souvenir de tous les produits que je vends à mes clients ! D'ailleurs, cela ne voudrait certainement rien dire. L'incendiaire a bien dû éviter d'acheter les bougies dans un endroit où il était connu ! »

Michel n'avait plus rien à apprendre. Il remercia la jeune femme et s'en alla.

⁂

Ce fut cet après-midi-là que Florent fit une découverte assez curieuse, dans le « Journal » de son grand-père.

14

La moisson venait de s'achever. Sophie et son frère s'étaient accordé un après-midi de farniente.

Dans la salle de la maisonnette, Florent avait fait remarquer qu'obnubilés par l'affaire du corbeau, ils n'avaient lu que les passages du « Journal » relatifs à l'affaire.

« Il y a sûrement d'autres choses intéressantes ! Vous pouvez lire, les cousins, et toi aussi, Arthur ! »

Si bien qu'installés dans la salle très fraîche, les cinq jeunes gens s'étaient partagé les cahiers.

Celui que Florent lisait comportait des considérations sur la vieillesse et ses inconvénients. Constant Maugier parlait de la dépopulation du village, de la difficulté et des joies du travail à la campagne.

Puis, le nom d'Yvette Ribert lui tira l'œil. Son grand-père se félicitait de ce que l'épicerie-buvette-bureau de tabac allait être reprise par une femme agréable, souriante, qui rendrait l'établissement plus accueillant qu'il ne l'était avec sa gérante précédente, qui avait trop l'air de ce qu'elle était : une vieille fille qui manquait de gaieté !

Florent, très intéressé, lisait avec avidité. Il découvrait chez son grand-père une sensibilité aiguë que son comportement généralement un peu bourru n'avait pas permis d'apprécier de son vivant.

Et, tout à coup, Florent prit les autres à témoins de ce qu'il venait de lire.

« Oh... écoutez ça ! Il est question de Pignon ! Je lis... « *Curieux qu'un homme de son âge se mette à la mode ! Laisser pousser barbe, moustaches et cheveux par-dessus le marché, comme les hippies, c'est quand même bizarre ! La surprise a été grande pour tout le monde ! Il était parti en voyage et on le voit débarquer, deux mois plus tard, poilu comme un sapeur de la Légion étrangère ! Je ne l'ai pas reconnu, avant qu'il me parle ! Pour une surprise, ça a été une surprise !* »

Florent s'interrompit.

« C'est vrai, ma foi... Dis, Sophie, tu te

souviens, toi, de la tête qu'avait Pignon, avant son voyage ? »

Sophie secoua la tête.

« Tu sais, moi, j'étais au collège, et en vacances, je ne m'intéressais pas tellement aux adultes. C'était à quel moment ? »

Florent vérifia les dates sur le « Journal ».

« Il est parti en voyage une semaine avant l'arrivée de Mme Ribert et il est revenu... un peu plus de quinze jours après le début de l'affaire du corbeau !

— Bien sûr, constata Sophie. C'est justement parce qu'il était absent que nous avons conclu qu'il ne pouvait pas être le corbeau !

— Curieux, quand même ; qu'il ait modifié ainsi son aspect, au moment de l'arrivée des Ribert, dit Arthur. Généralement ce sont les gens en fuite qui ont besoin de transformer leur apparence !

— Mais Pignon n'est pas en fuite ! protesta Florent. Il venait en vacances ici depuis longtemps, des années avant de s'installer définitivement lors de sa retraite. Au moins dix ans ! Ses peupliers sont déjà grands !

— Ses... *peupliers* ? répéta Daniel.

— Oui, il a placé une grande partie de ses économies dans l'achat d'un terrain de plusieurs hectares qu'il a fait planter en peupliers. Une véritable fortune, dans quelques années ; il en tirera beaucoup d'argent. Ceux qui se sont un peu moqués de lui, au début, ont vite compris que c'est lui qui avait raison ! Évidemment, il faut qu'il attende que ses arbres soient assez grands pour les vendre et retirer son bénéfice !

— Évidemment, Pignon n'est pas venu ici pour se dissimuler, reconnut Daniel. Sinon il aurait modifié son aspect avant !

— Et s'il s'était produit un fait nouveau, qui l'ait incité, justement, à se rendre méconnaissable ? suggéra Michel.

— Certainement pas l'arrivée de Mme Ribert, puisqu'il n'était pas là quand elle s'est installée, répondit Sophie.

— Il n'est arrivé personne d'autre, à la même époque ? demanda Arthur.

— Non, personne. Tu sais, ici, l'arrivée de quelqu'un ça se remarque ! plaisanta Florent.

— On ne peut quand même pas demander à Pignon pourquoi il a éprouvé soudain le besoin de porter barbe et moustache ? » dit Arthur.

Chacun reprit sa lecture. On échangea les cahiers.

« Moi, j'estime qu'un "Journal" de cette qualité mériterait d'être publié, déclara Daniel.

— Hé... écoutez ! Il est encore question de Pignon ! s'exclama Michel. Voilà ce qu'écrit l'oncle Constant : *"Le journal d'aujourd'hui rend compte d'une cérémonie à Valence. Sur la photo, le Pignon se montre beaucoup. A croire que c'est lui le préfet et le maire !"*

Michel confronta les dates.

« Donc, il existe, dans un journal local, une photo de Pignon sans barbe, déclara-t-il. Il suffirait de retrouver ce journal.

— Pas d'espoir ! dit Sophie. Il y a belle lurette qu'il a dû servir à allumer le feu !

— Sans doute, mais au siège du journal il y a certainement des archives, insista Michel.

— Tu veux faire le voyage jusqu'à Valence pour le plaisir de contempler Pignon sans barbe ? plaisanta Arthur.

— Parce que Mme Ribert a peut-être connu autrefois Pignon sans barbe, justement ! Or, ici, elle ne l'a vu que sous son aspect actuel. N'oublie pas que l'oncle a écrit lui-même qu'il ne l'avait pas reconnu ! Vous avez l'air d'oublier que c'est quand même Pignon qui ne barre pas ses sept ! Il y a donc de fortes présomptions qu'il ait quelque chose à voir avec l'affaire du corbeau, non ? Donc, il aurait une raison, si je ne me trompe pas, d'en vouloir à Mme Ribert.

— C.Q.F.D. ! » lança Daniel.

Florent parut ébranlé par la démonstration.

« Évidemment, ton raisonnement se tient, Michel, reconnut-il. D'ailleurs, il n'est peut-être pas besoin d'aller à Valence ! Grand-père avait l'habitude de découper les articles et les photos intéressants dans les journaux. Il est possible que la photo de Pignon soit dans son dossier ! »

Daniel se souvint d'avoir vu, au cours de leurs recherches, une chemise cartonnée contenant des coupures de presse.

« Elle devrait être dans la grande armoire, dit-il. Attendez, je vais la trouver ! »

Quelques minutes plus tard, en effet, il déposait sur la table un épais dossier fermé par des élastiques. Les coupures étant classées par ordre chronologique, il ne fallut pas longtemps pour dénicher la photo en question.

Florent et Sophie examinèrent le cliché.

« Difficile de dire où il serait, M. Pignon, là-dessus ! reconnut Florent au bout d'un instant.

— Nous avons trop l'habitude de le voir comme il est maintenant, dit Sophie.

— Maman, ou papa, peut-être, pourraient le reconnaître ? suggéra son frère.

— Je vais voir maman », dit Sophie.

Lorsqu'elle revint, un moment plus tard, elle désigna un personnage, au deuxième rang, entre le maire et le préfet.

« Le voilà, ici, dit-elle. Maman est formelle. La photo n'est pas très nette mais elle n'a pas hésité ! »

Pendant un moment, tout le monde émit des hypothèses quant aux possibilités de culpabilité de M. Pignon dans l'affaire du corbeau.

« Vous semblez oublier qu'il n'était pas là, au moment de l'envoi des lettres ! intervint Arthur.

— On peut envoyer une lettre de n'importe où ! riposta Daniel.

— Tiens, au fait, la lettre de menace que nous avons reçue, d'où était-elle timbrée ? » demanda Sophie.

Florent avoua n'avoir pas fait attention. Il retrouva l'enveloppe et déchiffra le cachet postal.

« Tiens, tiens, dit-il, Châteauneuf... le corbeau n'a pas eu le temps d'aller à Valence, cette fois ! Curieux, non ? Il y avait urgence ! »

Michel s'empara de la photo découpée dans le journal.

« Vous savez ce que je vais faire, dit-il. Je vais retourner voir Mme Ribert et lui montrer Pignon imberbe ! Qui sait si cela ne lui rappellera pas quelque chose ?

— Ça m'étonnerait, dit Florent, mais il ne coûte rien d'essayer !

— J'y vais... Quelqu'un vient avec moi ? » dit Michel.

Arthur résuma l'opinion des autres en déclarant :

« Beuheuheu... fait chaud ! »

Michel sourit et partit.

⁂

Mme Ribert fut très surprise de voir revenir Michel aussi vite.

Elle l'accueillit aimablement. Cécile était absente.

« Voilà, madame, vous m'avez dit ce matin que vous n'aviez jamais vu auparavant les nouveaux venus dans le village. Mais l'un d'eux a changé d'aspect, juste avant votre arrivée, et nous nous demandons si vous ne l'auriez pas connu auparavant, avec un autre visage ? »

La jeune femme parut très étonnée.

« Comment voulez-vous... » commença-t-elle.

Mais Michel sortit la coupure de journal et la présenta à l'épicière.

Celle-ci s'en empara, lut la légende et sourit.

« Ce n'est évidemment pas le maire de Valence ou le préfet que vous voulez... »

Elle s'interrompit, bouche bée, le visage marqué par une étrange émotion. Ce fut comme si, soudainement, elle avait peur.

« Ce n'est pas possible, dit-elle, je dois me tromper... »

Michel, se rendant compte que sa démarche allait être couronnée de succès, se garda bien d'intervenir.

« Ce n'est pas possible, répéta la jeune femme. Est-ce que ce n'est pas ce personnage, au deuxième rang, entre le maire et le préfet, que vous voulez me faire reconnaître ? demanda-t-elle.

— C'est exact, madame », dit le garçon.

Mme Ribert resta silencieuse, un long moment. Michel se permit une question :

« Donc, vous avez déjà rencontré cet homme, madame ? »

L'épicière reposa la coupure sur la table. Ses mains tremblaient un peu.

« Hélas, oui, du moins je le crois... encore que le cliché ne soit pas très net. J'ai peur de me tromper, et pourtant, il y a une ressemblance certaine... »

Michel attendit patiemment que Mme Ribert voulût bien s'expliquer.

15

« J'ai rencontré cet homme... ou quelqu'un qui lui ressemble, dans des circonstances terrifiantes », dit la jeune femme.

Elle s'interrompit, comme si l'évocation de ces circonstances lui était pénible.

« Pardonnez-moi, dit-elle, je me suis efforcée, en vain, d'oublier mon drame. Mais je vous en ai trop dit, je vais tout vous raconter. »

Michel constata que, dans son émoi, la jeune femme n'avait même pas songé à lui demander qui était ce personnage.

« Un jour, il y a de ça cinq ans... C'était à Antony dans la banlieue de Paris, je revenais en voiture du marché lorsqu'une auto m'a doublée à une allure folle. Elle s'est rabattue brusquement, vous savez, on appelle ça une queue de poisson, je crois. J'ai failli heurter le trottoir, mais ce qui a suivi m'a sidérée. L'autre voiture a raté son virage et a heurté de plein fouet l'immeuble qui se trouvait au coin de la rue. Un homme en est sorti, curieusement coiffé de ce que j'ai pris tout d'abord pour un turban. Il portait à la main un sac allongé, en forte toile. Il a couru vers moi et je me suis arrêtée, plus surprise qu'apeurée, d'ailleurs. L'homme a ouvert la portière de mon côté et m'a crié : *« Allez ouste ! Ta voiture et en vitesse ! »* J'ai vu son visage déformé par une émotion violente. Il a dû se rendre compte que je le regardais car il a baissé le turban qui n'était qu'un passe-montagne de laine noire qu'il avait repoussé. En même temps, il m'avait empoignée par le bras et me tirait hors de la voiture. J'ai été projetée par terre et j'ai vu ma voiture partir à toute vitesse. Des témoins m'ont relevée et, peu après, une voiture de police est arrivée. J'ai été interrogée, on m'a fait participer à l'élaboration d'un portrait-robot et j'ai appris que mon agresseur était un gangster en fuite, qui venait de réussir un hold-up dans une banque. Un solitaire, que la police n'avait pas encore réussi à identifier mais sans doute un dangereux récidiviste. Ma voiture a été retrouvée à la fin de l'après-midi, avec mes provisions intactes, à l'autre bout de Paris. J'ai gardé sur le bras gauche la marque des doigts de l'homme pendant deux semaines. Une véritable brute ! »

Michel n'en croyait pas ses oreilles. Il était abasourdi d'apprendre l'aventure vécue par Mme Ribert.

« Et vous venez de retrouver cet homme sur la photo ? » demanda-t-il enfin.

L'épicière hésita.

« Reconnaître... disons qu'il y a une ressemblance frappante... »

Puis, se rendant compte seulement qu'elle ignorait l'essentiel, elle demanda :

« Et... cet homme serait... dans la région ? »

On sentait au frémissement de sa voix qu'une telle nouvelle lui était très désagréable.

« Et... qui est-ce ? »

— Mme Maugier a reconnu M. Pignon, sur la photo. Constant Maugier aussi l'avait reconnu. C'était avant qu'il ne laisse pousser sa barbe. »

Mme Ribert regarda Michel comme si elle voyait le diable.

« M. Pignon... balbutia-t-elle... impossible ! Voyons... Michel... c'est une plaisanterie ! Une très mauvaise plaisanterie ! »

Michel se trouva fort embarrassé. Il ne pouvait se justifier qu'en mettant la jeune femme au courant des événements récents survenus à propos de leur enquête sur le corbeau. Il hésita, puis se décida. A son tour il raconta comment Florent, Sophie et lui, avec Arthur et Daniel, avaient été amenés à diriger leurs soupçons sur M. Pignon.

« Le seul point obscur, dit-il, est que nous ne comprenons pas pourquoi M. Pignon ne barre pas ses sept. Il n'a aucun accent britannique... »

Mme Ribert avait fini par s'asseoir, les jambes coupées par l'émotion.

« M. Pignon, répéta-t-elle. Je crois rêver... Lui, un gangster ? Il a l'air d'un père tranquille ! Et comment oserait-il venir chez moi, sans craindre que je finisse par le reconnaître ?

— Peut-être estime-t-il sa transformation suffisante ? Et puis, vous m'avez bien dit qu'il n'aime pas faire ses courses lui-même et envoie sa gouvernante. Il limite ainsi les contacts avec vous... »

Mme Ribert ne savait visiblement plus que penser.

« Au fait... reprit Michel, M. Pignon a dû être averti à l'avance que vous alliez reprendre l'épicerie ? Avant son départ en voyage ?

— Heu... sans doute... j'avais fait distribuer des prospectus par le facteur, un mois avant mon arrivée ici. Et Cora était aussi au courant. Elle a pu lui en parler. »

Les pièces du puzzle commençaient à s'assembler dans l'esprit du garçon. Mais un point important restait pourtant un mystère. Comment M. Pignon avait-il pu savoir que

Mme Ribert était la femme à qui il avait pris la voiture après le hold-up et qui avait aperçu son visage ?

Michel posa la question.

« C'est assez facile à comprendre, déclara la jeune femme. Ma photo a paru dans tous les journaux, après ma mésaventure, avec mon nom, bien entendu. Et puis, je suis venue deux ou trois fois à Sanoys, avant de m'y installer définitivement. Il a pu m'apercevoir sans que moi je le voie ! »

Évidemment, connaissant Yvette Ribert, Pignon avait pu préparer le complot visant à l'obliger à quitter Sanoys. Il avait pu écrire d'avance les lettres anonymes et les faire poster, pendant son absence, par un complice, involontaire peut-être, qui sait ? Cora, éventuellement ? Celle-ci n'avait peut-être pas attaché d'importance à un paquet de lettres remis par son futur patron, pour être postées à Valence ?

« Je me trouve maintenant dans une situation très pénible ! déclara Mme Ribert. Si je ne me trompe pas, mon devoir est d'aller trouver la police pour lui dire ce que je sais... mais si je suis victime d'une ressemblance, je me trouverai impliquée dans une aventure très déplaisante. Sans compter, sans doute, une attaque en diffamation. D'autre part, dans le doute, je ne vais plus vivre tranquille, en sachant que mon agresseur est peut-être si près de moi et veut que je quitte le village ! Et je serai incapable, désormais, de parler normalement à cet homme. Il finira par deviner que je l'ai démasqué. »

Michel ne put qu'être de l'avis de la jeune femme. La situation allait devenir intenable, pour elle, si le corbeau n'était pas rapidement démasqué.

« Je crois que j'ai un moyen, dit-il. Cora ne doit pas voir malice dans cette histoire de lettres, si c'est elle qui les a postées. Sinon elle en aurait parlé à la police quand l'affaire a éclaté. Elle n'a même jamais dû faire le rapprochement entre les deux faits ! Je peux me risquer à lui demander si elle n'a jamais eu de lettres à poster à Valence, en l'absence de M. Pignon. Dans l'affirmative, nous serons certains cette fois que nous ne nous trompons pas. Dans la négative, je ne crois pas qu'elle attache une importance excessive à ma question.

— Soyez prudent, Michel, balbutia la jeune femme. Il suffirait qu'elle raconte à Pignon votre conversation pour alarmer celui-ci. Et Dieu sait de quoi un tel homme serait capable, si je ne me suis pas trompée.

— Je serai excessivement prudent, madame. Je n'avancerai que très lentement dans la conversation. Je verrai bien sa réaction.

— Je ne vais plus vivre aussi longtemps que

je ne saurai pas la vérité ! » soupira Mme Ribert.

Michel salua la jeune femme et s'en alla. Il était perplexe. Certes, la photographie avait donné un résultat inespéré. Mais le doute qui subsistait dans l'esprit de l'épicière rendait ce succès imparfait.

« Nous n'aurons jamais une certitude absolue; dans cette histoire », soupira-t-il.

Il commença par se diriger vers la ferme des Tuiles. Puis prenant une soudaine décision, il fit demi-tour et prit le chemin qui conduisait chez Cora.

C'était une maisonnette, assez semblable, pour le style, à celle d'Alcide Petitjean. Mais elle avait aussi quelques dépendances, construites au petit bonheur la chance avec les matériaux les plus divers.

Pourtant, un ordre et une propreté impeccables régnaient dans la petite cour. Quatre chats étaient vautrés au soleil devant la porte. A l'approche de Michel, un chien-loup, attaché court à une niche faite d'un vieux tonneau défoncé, se dressa brusquement et donna de la voix. L'animal interdisait l'accès de la porte.

« Il y a quelqu'un ? » cria Michel.

Il crut voir remuer un rideau, à une fenêtre. Mais il s'écoula encore quelques minutes avant que la porte s'ouvre.

Cora parut, maigre dans une vieille robe

sans couleur définie. Son visage n'exprima qu'une méfiance non déguisée.

« Vous ai déjà vu quelque part par ici, dit la femme. C'était pas chez les Maugier ?

— Si madame, je suis le neveu de Nathalie et d'Étienne Maugier.

— Oui... et qu'est-ce qui me vaut de vous voir ici ? »

Michel aurait préféré qu'on lui dise d'entrer. Il tenait à mener la conversation prudemment et pas à pas.

« Je m'intéresse à la vie des gens du village, dit-il. Nous vous avons croisée, un matin, alors que nous sortions de chez M. Petitjean. »

Cora manifesta curieusement sa surprise par un petit rire nerveux.

« Serait bien étonné de s'entendre appeler... *monsieur*, le Pétard ! Ça n'a pas dû lui arriver souvent depuis son baptême : A l'école on l'appelait Sidou... Alcide. Et puis, tout de suite après, ça a été Pétard ! Ainsi donc, c'est parce que vous êtes curieux de connaître la vie des gens d'ici que vous étiez chez Pétard, l'autre matin ? »

Michel trouva singulier le regard dont Cora le gratifia. Il crut y lire de la méfiance et aussi une sorte de défi. Alcide Petitjean lui avait-il parlé du véritable motif de la visite qu'il avait reçue ?

Sans attendre de réponse, Cora désigna la porte.

« Mais, entrez donc, mon garçon. Si j'avais su avoir une visite j'aurais rangé. Mais j'allais justement commencer mon grand nettoyage. C'est pas le tout de travailler chez les autres, faut faire aussi son ménage !

– Je vous dérange, peut-être ? demanda Michel.

– Oh que non ! Ici, c'est pas une minute qui va qui vient ! Entrez, je vous dis. Moi présente, Seigneur ne vous fera rien. Dame, si vous veniez et que je ne sois pas là, je ne donnerais pas cher de votre fond de culotte ! C'est un bon gardien. Méchant mais seulement quand il faut ! Allez, entrez donc ! Fait trop chaud pour rester dehors. C'est le cagnard[1] ! »

Michel suivit la femme. Il était difficile de lui donner un âge précis. Sa robe la vieillissait certainement. Et ses cheveux gris, assez mal coiffés, n'arrangeaient pas son visage déjà très ridé. Pourtant, elle ne devait pas avoir dépassé la quarantaine. Michel ne put s'empêcher de comparer en pensée Mme Ribert à Cora. Toutes deux devaient avoir sensiblement le même âge.

Il pénétra dans une pièce dont la fraîcheur était entretenue par des volets clos. L'odeur d'un insecticide à la citronnelle accentuait

---

1. *Cagnard* : terme local désignant une très forte chaleur (à rapprocher de canicule).

encore cette impression. Tout de suite, Michel fut frappé par les meubles cirés, les rideaux clairs, les vitres impeccables et le sol de tommettes brillantes.

« Où donc allait-elle faire son grand nettoyage ? » se demanda le garçon.

« C'est joli, chez vous, madame », dit-il.

Un éclair de fierté brilla dans les yeux sombres de son hôtesse.

« On fait ce qu'on doit, dit-elle. Faut toujours faire ce qu'on doit. C'est une chose que bien des jeunesses d'aujourd'hui ne savent pas. Faire ce qu'on doit à n'importe quel prix ! Mais asseyez-vous, la langue est plus à l'aise quand on est sur une chaise ! Alors, comme ça, vous auriez voulu savoir quoi, au juste ? Que je vous raconte ma vie ? L'est pas assez belle pour intéresser un garçon de votre âge. Encore que j'en aurais des choses à raconter, si je voulais ! »

Elle eut l'air de guetter l'effet de ses paroles avant d'ajouter :

« Oh oui, j'en aurais des choses à dire et pas seulement sur moi ! Seulement, j'aime pas qu'on me donne du "madame". Je sais bien qu'à mon âge, des demoiselles il n'y en a plus guère, mais j'y tiens !

— Excusez-moi, mada... mademoiselle », dit Michel.

Un éclat de rire, un peu trop forcé, lui répondit.

« Difficile, pas vrai ? Vos demoiselles à vous sont plus jeunes et plus jolies ! »

Michel se sentit gêné par la tournure que prenait la conversation. Il protesta assez maladroitement pour provoquer un nouvel éclat de rire nerveux.

« Bon, alors, que voulez-vous que je vous raconte ?

— Vous travaillez chez M. Pignon, je crois ?

— Si vous le savez... pas la peine de le demander. Oui, je suis bonne à tout faire, chez Pignon. L'a beau m'appeler sa gouvernante, je gouverne rien du tout ! Sans compter que pour l'ordre l'est pas très fort mon Pignon ! Si c'était mon mari... enfin, bref... L'a bien fallu que je trouve du travail quand cette bonne à rien d'Yvette Ribert est venue reprendre l'épicerie. Je n'étais que gérante, moi, et elle avait les sous pour racheter ! Je me demande même où elle les a trouvés, les sous ! Elle pouvait pas rester en ville, non ? Pour ses frisettes, c'était tout de même plus commode ! »

Michel constata que le visage de son interlocutrice exprimait maintenant une colère qui faisait briller davantage encore son regard.

« Je comprends », murmura Michel.

Il commençait à se demander s'il arriverait à poser la question pour laquelle il était venu.

« On dit qu'on comprend... et on s'en fiche bien, pas vrai, du malheur des autres ? Faut pas faire attention, mais quand je pense à la Ribert, j'ai le sang qui se tourneboule ! C'est bien sa faute, si je suis restée vieille fille ! J'avais un promis : Antoine Ribert. Et puis, elle est venue en vacances ici. Oh, ça n'a pas traîné ! Deux mois plus tard, ils étaient mariés et elle l'emmenait à la ville. L'en est mort, le pauvre ! Ses poumons ont pas dû résister ! C'est le grand air qu'il lui fallait à mon Antoine et une nourriture solide ! »

Cora parut ruminer ses souvenirs et ses regrets, comme si elle avait oublié la présence de son visiteur, de plus en plus désemparé.

« Est-ce que Mme Ribert n'a pas connu des ennuis... à cause des lettres anonymes ? » demanda Michel.

L'autre se pencha un peu en avant pour le regarder comme si elle voulait lire ses pensées.

« Pour ça oui ! Ou elle a été assez *maline* pour

duper les gendarmes... ou c'est le corbeau qu'a pas été assez malin pour faire croire que c'était elle... Moi, j'ai pas de doutes. Quand la Ribert a vu que les gens du pays préféraient les supermarchés à sa boutique, elle a vu rouge... Enfin, elle a bien embobiné la police. Ou alors... Faut être prudent, dans une histoire comme celle-là ! »

Michel ne parvint pas à se faire une opinion sur la position exacte de Cora vis-à-vis du corbeau. Croyait-elle vraiment à la culpabilité de Mme Ribert ou ne parlait-elle ainsi que par simple rancœur, contre celle qu'elle accusait d'avoir brisé sa vie ?

« Mais je me suis laissé dire que le Constant Maugier... – c'était donc votre grand-oncle, si je compte bien ? – je me suis laissé dire qu'il avait mené sa petite enquête. Évidemment, pouvez pas être au courant... C'était un matois, le Constant. Le corbeau a bien dû être content qu'il soit mort avant d'être découvert par lui ! »

De nouveau Cora éclata de son rire nerveux, que Michel supportait mal.

« Justement, je me posais la question, l'autre jour, dit le garçon. Comment le corbeau s'y est-il pris pour faire poster ses lettres à Valence ? »

Cora resta bouche bée, posant sur son interlocuteur le même regard méfiant.

« Comment ? Mais il y est allé sûrement lui-même, non ? La Ribert y était, à Valence, ce jour-là !

— Mais en dehors d'elle... personne d'autre du village ne s'est rendu à Valence ce samedi-là ? insista Michel. Ce devrait être facile à vérifier, non ? »

Le visage de Cora se ferma.

« Eh bé, dit-elle, vous n'êtes pas pour rien le neveu du Constant. On dirait bien que c'est pas pour moi que vous êtes venu, mais pour en savoir plus long sur le corbeau ! Je me trompe ? »

Michel, ne sachant que répondre, dit la première chose qui lui passa par la tête :

« C'est un vrai mystère, cette affaire ! On en parle de temps en temps, à la ferme.

— Je me suis laissé dire que si la grange a flambé, l'autre jour, c'était p'tête parce qu'on ne faisait pas qu'en parler du corbeau... aux Tuiles ?

— On dit ça, dans le village ? Et qui donc est si bien renseigné ? » répliqua Michel.

Cora haussa ses maigres épaules.

« Oh, vous savez... l'un dit ci, l'autre dit là, ça n'est jamais que suppositions ! Il y en a qui vont jusqu'à dire que le chien de la Ribert a été empoisonné par le corbeau ! Il a pourtant pas été claironner ça sur les toits, le coupable, non ? Elle ferait mieux de partir, l'Yvette ! Moi, si j'étais son amie, c'est le conseil que je lui donnerais ! Avant qu'il lui arrive malheur ! »

Michel retint difficilement un frisson. Cora venait d'évoquer pour lui une sorcière, jeteuse de sorts.

« La plus belle sottise que j'aie entendue, à propos de cette affaire, assura Michel, c'est que le corbeau pourrait être M. Pignon ! Parce qu'il aurait fait des études en Angleterre ! »

Pour la première fois, le garçon vit le visage de son interlocutrice manifester autre chose que de la méfiance ou de la haine. Une sorte de joie, vite dissimulée.

« M. Pignon ? répéta-t-elle. Mais qui a pu dire...

— Je n'en sais pas plus que vous... un on-dit, vous savez ce que c'est ?

— Si je le sais ! C'est pourtant vrai que mon patron a vécu en Angleterre, avec ses parents, quand il était tout petit. Je crois bien qu'il n'est venu en France que sur ses dix-huit ans ! Vous savez ce que c'est, quand un homme n'a pas d'ordre. On range et sans être curieuse, on voit des papiers, des lettres, un peu de tout... Mais n'allez pas lui dire... ça me ferait tort. Quant à ce qu'il soit le corbeau, là, minute. Je sais bien qu'il peut pas supporter l'Yvette, au point que c'est moi qu'il envoie faire ses commissions, à l'épicerie. C'est pas que ça me chante, mais faut ce qui faut. Et puis, elle a plus bien le sourire, à présent, Mme Ribert ! Et ça ne me déplaît pas trop ; comme de juste ! »

Après un silence elle ajouta :

« On me dirait que ces deux-là, Pignon et la Ribert, se sont déjà rencontrés que ça ne m'étonnerait pas. Et mon patron n'aime pas s'en souvenir, ça j'en jurerais ! »

Michel apprécia l'importance du renseignement. Il se pouvait donc que Mme Ribert ne se soit pas trompée et qu'elle ait bel et bien reconnu en Pignon son agresseur. Et voilà que Cora fournissait également l'explication des sept non barrés ! C'était trop beau ! Il imagina la surprise de Florent et des autres quand il leur raconterait.

Mais il n'était pas au bout de ses surprises.

16

En effet, Cora s'était levée et avait sorti d'un buffet deux verres et elle venait de poser sur la table un pot d'eau fraîche.

« Un peu de sirop ? C'est que nous avons bien bavardé, tous les deux, ça donne soif ! » dit Cora.

Elle versa un peu de menthe dans les verres et remplit ceux-ci d'eau. A ce moment précis, le bruit d'un vélomoteur retentit à proximité de la maison.

Ce fut comme si Cora venait d'être piquée par un scorpion. Elle reposa le pot à eau si vivement qu'elle faillit le renverser.

Elle bondit jusqu'à la porte, sortit en refermant celle-ci. Stupéfait, Michel se demanda ce qui se passait. Intrigué, il allait se lever pour s'approcher de la fenêtre, voir si Cora n'avait pas besoin de son aide, mais il n'en eut pas le temps. Cora réapparut, le visage crispé. Et le moteur pétarada avant de s'éloigner.

« Des galopins ! expliqua Cora, un peu hors d'haleine. Si je ne faisais pas attention, c'est qu'ils m'écraseraient mes poulets ! »

Elle revint s'asseoir à la table et elle fit glisser l'un des verres en direction de son visiteur avec des gestes un peu nerveux.

Elle dut se rendre compte de l'effet qu'elle produisait sur le garçon car elle éprouva le besoin d'expliquer :

« Ces enragés de la moto me tourneboulent les sangs ! Peuvent donc pas rester sur les grand-routes ? A votre santé ! »

Ils burent.

Michel se demandait ce que signifiait la scène qui venait de se produire. Cora n'avait pas eu le temps de faire autre chose qu'un signe. Et cela avait suffi à écarter l'importun !

« En somme, c'est une chance pour M. Pignon, de vous avoir, mada... mademoiselle ? reprit Michel.

— Une chance ? C'est à lui qu'il faudrait demander ça !

— Parce que vous faites tout chez lui, bien entendu ? »

Cora le regarda d'un air curieux.

« Tout... pour sûr, dit-elle.

— Vous faites aussi ses courses... est-ce qu'il vous arrive d'aller à Valence ? »

Cette fois, l'étrange expression de méfiance réapparut sur le visage de la femme.

« Le moins souvent possible », finit-elle par dire.

Michel se jeta à l'eau, puisque après tout c'était pour poser cette question qu'il était venu :

« Lorsque vous y allez, est-ce qu'il vous arrive de poster du courrier pour M. Pignon ? »

Le visage de son hôtesse se ferma.

« C'est-il que ça fait partie de la vie des gens d'ici, que ça vous intéresse ? » demanda-t-elle.

Devant l'embarras du garçon, elle ajouta, après son petit rire nerveux :

« Je ne sais pas comment vous avez deviné ça, dit-elle. Mais ça m'est arrivé... tenez, un peu après son départ en voyage. Il m'a demandé de poster à Valence une dizaine de lettres, huit jours après qu'il a eu quitté Sanoys. Il ne voulait pas que sa famille, il m'a dit, sache qu'il s'absentait ! Et pourtant de la famille, j'en ai jamais vu ici... »

Cora regardait fixement Michel, comme pour étudier sa réaction.

« Après son départ ? répéta Michel. C'était donc juste avant l'affaire des lettres anonymes ? »

Cette fois le visage de son interlocutrice exprima une visible satisfaction.

« Qu'est-ce que je vous disais... vous n'êtes pas pour rien un neveu du Constant. Vous êtes en train d'essayer de me faire dire que mon patron serait bien le corbeau, pas vrai ?

— Heu... c'est-à-dire... les apparences... des coïncidences...

— Taratata ! J'y pense, à certains moments ! Moi aussi, je me suis posé des questions et la réponse ne m'a pas fait plaisir ! Mais je dois me rappeler de quel côté mon pain est beurré, pas vrai ? Si la police et les experts en écriture n'ont pas été malins, c'est pas à moi de faire leur travail ! Mais... je crois bien que j'ai eu la langue trop longue ! Vous me promettez de garder tout ça pour vous, hein ? Ce ne serait pas gentil de faire tort à une pauvre fille comme moi qui a eu tant de plaisir à bavarder avec quelqu'un ! Promis ?

— Vous pouvez compter sur moi, mademoiselle, assura Michel. N'empêche qu'il est difficile de croire que M. Pignon aurait incendié la grange de mon oncle, empoisonné le chien des Ribert et saccagé la réserve de l'épicerie ! »

Cora prit un air entendu.

« L'est peut-être pas tout seul ! Manque pas de galopins aux alentours qui pourraient bien en faire plus qu'il n'en demande. »

Michel enregistra cet aveu qui prouvait que la « gouvernante » en connaissait plus long qu'elle ne voulait en dire.

Jugeant qu'il en savait assez, maintenant, il ne tarda pas à remercier Cora pour son bon accueil et s'en alla.

« Surtout, vous ne répétez pas ce que je vous ai dit, recommanda la femme. Ça me ferait tort !

— Comptez sur moi ! » répéta Michel.

Il enfourcha son vélomoteur et s'éloigna.

*
**

Florent et Sophie furent éberlués de ce que Michel leur raconta de son entrevue avec Cora.

« Donc, pour elle, pas de doute... Pignon est bien le corbeau ? conclut Florent.

— On le dirait, en effet, reconnut Michel.

— Remarque, je n'ai rien voulu en dire, mais le matin où Jules avait pris l'air, j'ai trouvé, sur l'un des poteaux de sa porte, un morceau de tissu. Tout petit, mais quand même reconnaissable : un tissu écossais, d'une doublure. Or, Pignon portait l'hiver dernier une veste de velours, doublée d'un tissu écossais. J'ai pensé qu'il avait pu la mettre cette nuit-là, à cause de la fraîcheur ! Seulement, c'était tellement gros, cette supposition, que j'ai attendu d'en savoir plus long !

— Oui mais tout ça, ce ne sont que des on-dit ! intervint Sophie. Il nous faudrait une preuve. Même Mme Ribert n'est pas absolument certaine d'avoir reconnu son agresseur sur la photo. On ne peut pas aller trouver les gendarmes et leur dire : vous savez, nous croyons ci, nous croyons ça... »

Il apparut que la jeune fille avait raison.

« Ce qu'il faut souhaiter, c'est que le corbeau se manifeste pendant que nous serons chez Mme Ribert, conclut Florent. Là nous aurons ou le corbeau ou son complice... et les gendarmes sauront bien le faire parler !

— Au fait, Florent, tu oublies l'essentiel ! » intervint Sophie.

Elle tira de sa poche une carte de visite froissée.

« Nous venons de retrouver la carte sur laquelle M. Pignon a écrit l'adresse du commerçant, celui chez qui il voulait que maman expédie ses fromages. Et comme l'adresse comporte un sept, non barré, bien entendu, Florent a eu l'idée de comparer l'écriture avec celle des lettres anonymes...

— C'est la même ? demanda Michel.

— La même, non, répondit Florent. Du moins, il n'y a que la lettre de menace, la dernière que nous ayons reçue qui soit très semblable. C'est même curieux qu'il n'ait pas pris la peine de mieux déguiser son écriture !

L'effet de la colère, sans doute ! Mais pour les autres, il y a des ressemblances troublantes. Tu sais bien que lorsque quelqu'un essaie de modifier son écriture il ne réussit jamais entièrement. »

Michel put constater, en effet, que Florent et Sophie n'exagéraient pas. Il éprouva aussi la curieuse impression que certains caractères avaient été décalqués, tant ils étaient semblables d'une lettre à l'autre. Une écriture un peu tremblée, peut-être.

« Dommage que nous n'ayons pas eu un spécimen de l'écriture de Pignon plus tôt ! » conclut-il.

⁂

La garde reprit, ce soir-là. Mme Ribert manifesta bien quelques scrupules à voir les jeunes gens passer leurs nuits dans un local peu confortable, mais elle se rendit à leurs raisons. Les Maugier avaient, eux aussi, un compte à régler avec le corbeau !

L'enquête de gendarmerie, au sujet de l'incendie de la grange, n'avançait pas faute d'indice. A chaque visite des gendarmes, les jeunes gens étaient au supplice.

Il aurait suffi qu'ils aient la moindre preuve pour orienter les recherches, mais cette preuve ils ne l'avaient pas... *du moins... pas encore !*

*
**

Deux jours s'étaient écoulés depuis la visite de Michel à Cora.

Michel, Arthur et Daniel dormaient sur les matelas, à même le sol ; Florent veillait.

Tout à coup, il tressaillit.

Il lui sembla que le téléphone sonnait, dans la boutique.

Il consulta sa montre à la lumière de sa lampe de poche.

« Une heure du matin ? Qui peut bien... à cette heure-ci ? »

Il entendit claquer une porte, à l'intérieur... puis un bruit de pas précipités venant vers la réserve.

La porte s'ouvrit, Mme Ribert parut, hagarde, drapée dans une robe de chambre.

« Vite, Florent... votre maman téléphone... il y a le feu de nouveau aux Tuiles... Les pompiers sont alertés ! »

Florent, après trois secondes de surprise, réagit aussitôt.

« Michel ! Daniel ! Arthur ! Vite... on file aux Tuiles ! »

En même temps, il secouait ses compagnons. Ceux-ci, bien que mal réveillés, se redressèrent en hâte et se précipitèrent vers leurs vélomoteurs.

Florent était déjà loin.

On apercevait, en effet, une lueur rougeâtre dans la direction de la ferme des Maugier.

Michel fermait la marche ; son vélomoteur s'était trouvé placé sous ceux de ses compagnons et il avait dû attendre le départ de ceux-ci pour s'en saisir.

« C'est trop bête, pensa-t-il. Nous aurions dû monter la garde également à la ferme... mais nous ne pouvions pas être partout à la fois ! »

Soudain, il sentit quelque chose d'anormal dans le comportement de son véhicule. La roue arrière dérapa et Michel fut secoué d'une telle manière qu'il comprit tout de suite ce qui se passait : le pneumatique était à plat.

« Flûte de flûte de flûte, maugréa-t-il. C'est bien le moment ! A pied, j'en ai pour une demi-heure ! »

Il se trouvait à deux cents mètres environ de l'épicerie. Tout de suite, il pensa au vélomoteur de Cécile.

« Il est dans la grange, se dit-il, je n'aurai même pas à déranger Mme Ribert ! »

Pour faire plus vite, il abandonna son véhicule contre une haie et revint en courant vers la boutique. La porte de la grange avait été tirée par Florent.

« Je vais faire le tour. J'espère que la petite porte n'est pas verrouillée. »

Pourtant, en passant devant la grand-porte, sur laquelle il avait aperçu le corbeau crucifié le jour de son arrivée, Michel crut entrevoir une lueur, furtive, à l'intérieur. Les battants étaient vieux et fendus, par endroits. Le linteau de pierre, irrégulier, laissait entre la porte et lui des espaces...

Un instant, Michel put croire que, dans leur hâte, ses compagnons avaient pu oublier une lampe électrique allumée. Mais la lueur se déplaçait, disparaissait... comme occultée par une ombre... *l'ombre d'un individu en mouvement !*

Michel n'hésita plus. Il contourna le bâtiment et se retrouva derrière la grange. La petite porte en était tirée, elle aussi.

« Est-ce que par hasard on nous aurait appelés aux Tuiles pour nous éloigner d'ici ? » se demanda le garçon.

Il appliqua un œil à une fente de la porte. Il entrevit la silhouette d'un homme, portant une veste ample et coiffé d'un chapeau de toile...

« Comme Pignon ! » se dit-il.

Mais ce qu'il distingua ensuite le sidéra !

L'homme, à la lumière d'une lampe de poche, était en train de vider un grand bidon d'essence sur le sol et sur les marchandises stockées là. L'odeur caractéristique du carburant ne laissait aucun doute.

Dans un instant, l'inconnu allait mettre le feu à l'épicerie. Michel le vit reculer vers la petite porte, toujours penché en avant, sous le poids du bidon.

Michel tâtonna, trouva la poignée et tourna. Le battant s'ouvrit sans bruit mais une bouffée de gaz d'essence assaillit les narines du garçon.

D'un bond, Michel sauta sur le dos de l'autre, lui entourant le cou de ses deux bras et l'entraîna en arrière. L'inconnu lâcha son bidon, pour se défendre. Le liquide se répandit de plus belle sur le sol cimenté. Et, seulement alors, Michel aperçut la bougie, allumée, qui trônait au milieu de la grange...

L'incendiaire se débattait avec énergie, s'efforçait de le faire lâcher prise. Ils reculèrent ensemble jusqu'au-dehors...

Avec un bruit d'explosion sourde, l'essence s'enflamma...

Soudain, Michel sentit des dents s'enfoncer dans la chair de son poignet et il lâcha prise.

Le geste de son bras fit tomber le chapeau de son adversaire et Michel put entrevoir, à la lueur de l'incendie, que le visage de celui-ci disparaissait sous un bas...

Comme l'incendiaire, profitant de l'effet de surprise provoquée par la morsure, s'éloignait en courant, Michel le rattrapa et le plaqua aux jambes. En même temps, il poussa un cri aigu, le plus fort qu'il put.

Il reçut des coups de pied, mais tint bon la prise. L'autre n'avait pas prononcé une parole depuis le début de leur lutte. Mais Michel le sentit faiblir tout à coup et il entendit la respiration oppressée, un peu rauque, de son adversaire. Puis, brusquement, celui-ci devint flasque... inerte...

Michel crut à une ruse, destinée à le faire lâcher prise.

Une lumière venait de s'allumer dans la cuisine de Mme Ribert. Puis la porte s'ouvrit.

« Qu'est-ce que... » commença l'épicière.

Elle s'arrêta court, elle venait d'apercevoir en même temps les deux silhouettes sur le sol et la lueur dansante des flammes dans la grange.

Cécile apparut à son tour, une lampe électrique à la main.

« L'extincteur ! cria Mme Ribert... vite l'extincteur... »

Mais, en même temps, s'emparant de la lampe que tenait sa fille, elle se précipita vers Michel qui enserrait encore les jambes de son adversaire.

D'un geste, elle arracha le bas qui dissimulait les traits de l'homme.

Elle en resta muette de surprise.

17

Michel s'était redressé, à genoux, prêt à reprendre la lutte si c'était nécessaire.

Lui aussi découvrit le visage de l'incendiaire.

« Cora, murmura-t-il. Pas possible !

— La pauvre ! murmura Mme Ribert. Mais comment a-t-elle pu... »

Cora, car c'était bien la gouvernante qui gisait, évanouie dans l'herbe, engoncée dans une veste d'homme... à doublure écossaise, dont elle avait retroussé les manches trop longues pour elle, et un pantalon beaucoup trop ample pour sa maigreur.

Cécile venait d'apparaître portant péniblement le lourd extincteur.

« Surveillez-la, madame ! » cria Michel.

Et relevé d'un bond, il s'empara de l'engin, tira la goupille et renversant le cylindre, visa la base des flammes les plus proches.

« Téléphonez aux pompiers ! » cria-t-il en constatant que Cécile, trop émue, sans doute, restait immobile, à le regarder faire.

Mais en dépit de la mousse carbonique que déversait l'appareil, l'incendie gagnait. Contre l'essence enflammée, il eût fallu un extincteur à poudre...

Michel entendit à peine le bruit des vélomoteurs. Il vit surgir Florent, hors d'haleine.

« Fausse alerte, dit celui-ci. Des feux de Bengale, derrière la maison. C'était pour nous éloigner d'ici !

— C'est Cora qui a mis le feu ! cria Michel. Mme Ribert la surveille. Il faudrait avertir les gendarmes...

— On ne peut pas laisser brûler la maison comme ça ! protesta Florent. Arrête, je reviens ! »

Cinq minutes à peine s'étaient écoulées. Arthur et Daniel avaient relayé Mme Ribert qui gardait Cora, lorsqu'un bruit de moteur puissant se fit entendre. Michel vit le bulldozer que Florent venait d'aller chercher en face derrière la mairie enfoncer la grand-porte, à demi consumée déjà, et pousser devant sa lame, les marchandises enflammées.

Michel comprit ce qu'il avait à faire. L'engin laissait de chaque côté de lui des matières enflammées qui risquaient de l'endommager. Il s'empara d'une pelle et écarta les « brûlots ». Lorsque la lame atteignit le mur du fond, Florent n'hésita pas. Il donna les gaz à fond et, après un court temps d'arrêt, l'engin enfonça le mur achevant de pousser les caisses et les paquets enflammés sur l'herbe du pré.

Déjà, quelques habitants de Sanoys arrivaient sur les lieux. Cora avait été emportée à l'intérieur et allongée sur la table de la cuisine.

Les pompiers arrivèrent, éteignirent en quelques minutes le reste du bûcher. Les gendarmes surgirent peu après.

Dans la cuisine de Mme Ribert, ce fut un beau tohu-bohu ! Cora, prise d'abord pour une victime de l'incendie — encore que les gendarmes et les pompiers ne comprissent pas ce qu'elle pouvait faire là dans cette tenue étrange — , fut promptement ranimée par quelques gifles administrées par un pompier expéditif.

La vue de Mme Ribert, qui venait de préparer une infusion à son intention, lui rendit promptement toute sa lucidité. Elle vomit un torrent d'injures à l'égard de l'épicière, d'injures et de menaces qui constituaient, devant une bonne douzaine de témoins, des aveux spontanés !

On vit même arriver M. Pignon, qui avait jeté un imperméable sur son pyjama.

« J'ai entendu passer les pompiers, dit-il. Je suis venu aux nouvelles. »

Michel vit bien que Florent regardait l'homme avec des yeux soupçonneux. Mais il fallait attendre l'interrogatoire de Cora pour savoir quel était le rôle exact de Pignon dans l'histoire.

Les gendarmes, devant l'acharnement de Cora, qui s'efforçait d'échapper aux poignes solides qui la maintenaient pour faire un mauvais sort à Mme Ribert, décidèrent d'emmener la « gouvernante ».

Lorsque le calme fut un peu revenu, que Mme Ribert eut servi à boire aux pompiers, M. Pignon prit les jeunes gens à part.

« Si vous pouviez m'expliquer ce qui se passe ? dit-il. Que faisait donc Cora ici, vêtue de la vieille veste que je lui avais donnée pour en faire des chiffons et affublée de ce pantalon d'homme ? Qu'a-t-elle donc bien pu faire pour que les gendarmes l'emmènent ? »

L'homme ne semblait pas troublé outre mesure par l'arrestation de celle que les jeunes gens croyaient être sa complice. Un peu ennuyé, et surtout sincèrement intrigué.

Si bien que, sans entrer dans les détails, et

sans parler du corbeau, Michel résuma à son intention les derniers événements.

« Mais... que diable faisiez-vous donc à cette heure de la nuit au hameau ? s'exclama l'homme. C'est une chance pour Mme Ribert... mais est-ce que vous seriez somnambules ? »

On renonça à lui expliquer ce qui avait conduit les jeunes gens à veiller dans la grange-entrepôt.

Michel vit bien que Mme Ribert regardait M. Pignon à la dérobée, comme pour tenter de deviner ses traits, sous la barbe et la moustache. Elle semblait perplexe et, tout à coup, son visage s'éclaira d'un sourire. Elle s'approcha de M. Pignon et d'un geste inattendu, releva une mèche des cheveux de celui-ci, une mèche qui couvrait le haut de l'oreille droite.

Surpris, M. Pignon eut un geste de recul.

« Pardonnez-moi, dit-il, mais...

— Vous avez une belle oreille, monsieur Pignon, qui n'est pas fendue par une cicatrice comme quelqu'un que je n'ai que trop connu, n'est-ce pas... *Michel* ? »

Celui-ci comprit ce que l'épicière venait de lui dire, à mots couverts. Sans doute ce détail venait-il de lui revenir à l'esprit, à force d'examiner le visage de M. Pignon.

Ahuri, l'homme crut devoir sourire de la

plaisanterie que l'on venait de faire à ses dépens, pensait-il. Il serait bien temps de lui expliquer plus tard à quels soupçons il avait été en butte !

La demie de deux heures sonna à l'horloge de la cuisine.

« Il serait temps que nous allions tous nous coucher ! » conseilla M. Pignon.

Puis, sans raison apparente, mais parce qu'il était bavard, l'homme ajouta d'un air mystérieux :

« La nuit porte conseil ! »

On laissa Mme Ribert et Cécile et l'on regagna les Tuiles. Lorsqu'ils se retrouvèrent tous les trois dans la salle de la ferme, Arthur déclara :

« Tu vois, Michel, si tu ne t'étais pas dégonflé, Cora aurait pu réussir ! »

Un instant interloqué, Michel comprit enfin l'astuce. Il haussa les épaules.

« S'il n'était pas aussi tard, Arthur, répliqua-t-il, je dirais que le dégonflé c'est toi ! Faire mine de venir éteindre trois pauvres feux de Bengale au lieu de lutter contre un véritable incendie et contre une incendiaire, il n'y a pas de quoi pavoiser !

— Je me demande qui a bien pu les allumer, ces feux de Bengale, dit Daniel. Et qui a pu téléphoner !

— Nous saurons tout cela plus tard. Pour l'instant, au lit ! » conclut Michel.

Épilogue

Ce ne fut que le lendemain après-midi que l'on sut ce qu'il en était du mystère du corbeau.

⁂

Le brigadier de gendarmerie venait d'arriver chez Mme Ribert. M. Pignon, M. Leval étaient là, avec Nelly, Florent, Sophie, Michel, Daniel et Arthur.

« Eh bien, dit le brigadier, nous n'avons eu aucune peine à faire avouer Mlle Périni ! Au contraire, c'est plutôt pour la faire taire qu'il nous a fallu employer la manière forte... enfin... presque ! A croire qu'elle n'avait pas parlé à quelqu'un depuis des semaines ! »

En dépit de ce que l'on pouvait savoir des forfaits de la vieille demoiselle, Michel et ses amis n'en ressentirent pas moins une certaine gêne.

« Monsieur Pignon, vous l'avez échappé belle ! reprit le gendarme.

— Qui ça ? Moi ? s'exclama l'intéressé. Échappé belle ? Et à quoi, grands dieux ?

— Votre bonne a commencé par affirmer qu'elle n'était que votre complice, que c'était vous qui aviez écrit les lettres anonymes, en déguisant votre écriture, et que vous aviez laissé ces lettres chez vous à votre départ en voyage, pour qu'elle les poste à Valence huit jours plus tard... *un samedi !* Et, lorsque vous vous êtes aperçu que les jeunes Maugier recommençaient à s'intéresser au corbeau — je ne sais plus ce qu'elle a dit au sujet d'une

visite qu'elle aurait faite à Alcide Petitjean — donc, à ce moment-là, vous auriez décidé de faire taire à tout prix et ces jeunes gens et Mme Ribert. D'où, d'abord la libération du taureau des Tuiles... qui n'a pas donné le résultat escompté. Puis, l'incendie de la grange, afin de détourner les soupçons quand l'épicerie brûlerait... On ne pourrait pas trouver d'ennemi commun aux Maugier et à Mme Ribert ! Et puis, après une véritable crise d'hystérie, elle a craqué. Spectacle lamentable, je vous assure, que cette femme en pleurs qui raconte sa vie... sa pauvre vie médiocre... où, toujours, vous reveniez en tortionnaire, madame Ribert !

— Moi ? balbutia l'interpellée. En tortionnaire ? Mais qu'ai-je pu faire de mal ?

— Ne vous tourmentez pas, madame, reprit le brigadier. Nous avons acquis la conviction, mes collègues et moi, que comme bien des solitaires — ceux du moins dont le cerveau n'est pas trop solide — Mlle Périni a échafaudé tout un roman. Il semble qu'elle ait été fiancée... avec votre mari, madame, et que votre venue dans le pays a abouti à la rupture de ces fiançailles ? »

Mme Ribert s'empourpra sous l'effet de l'indignation.

« Mais c'est faux, monsieur ! s'écria-t-elle. Antoine, mon mari, m'a parlé de cette pauvre fille qui lui tournait autour sans qu'il ait rien fait pour l'encourager et qui répétait à qui voulait l'entendre qu'elle allait l'épouser bientôt !

— Cela ne m'étonne pas, madame. Mlle Périni n'est pas la première à échafauder une telle chimère. Donc, il y a eu cette cruelle déception, il y a une vingtaine d'années, puis, récemment, l'achat de l'épicerie dont elle était la gérante.

— Mais je lui avais proposé de rester avec moi, pour m'aider ! protesta l'épicière.

— Nous n'en doutons pas, madame ! Il y a pourtant un point un peu obscur sur lequel j'aurais besoin des lumières de M. Pignon, s'il consent à me répondre.

— A votre disposition, brigadier... du moins, dans la limite de mes moyens...

— Eh bien, voilà... il semble, selon Mlle Périni, que vous auriez laissé entendre à celle-ci qu'elle ferait une parfaite femme d'intérieur et que vous ne pourriez plus vous passer d'elle, ce qu'elle a traduit par des intentions matrimoniales à son égard... je pense que c'est aussi faux que le reste ? »

M. Pignon parut très embarrassé.

« Mon Dieu, dit-il, comme il est difficile de n'être pas coupable de quelque chose, en ce bas monde ! Bien sûr que, très satisfait des services de Cora, je ne lui ai pas ménagé les compliments, que d'ailleurs j'ai répété devant témoin, assez souvent ! Du diable si j'ai jamais imaginé que cette femme pouvait interpréter ces compliments comme... des avances sentimentales ! Si ce n'était pas aussi pénible... ce serait d'une drôlerie irrésistible ! »

Le brigadier sourit mais crut bon d'ajouter :

« Ce n'est pas tout, monsieur Pignon... selon Mlle Périni l'arrivée de Mme Ribert ici a changé complètement votre attitude à son égard. Vous n'aviez d'yeux, paraît-il, que pour l'épicière, selon sa propre expression... »

Cette fois, Mme Ribert s'empourpra et M. Pignon parut très intéressé par l'état du carrelage...

« Ce qui signifiait, pour elle, une seconde catastrophe sentimentale, dont Mme Ribert — à ses yeux — était encore une fois responsable ! Sa vengeance a consisté à tenter d'éliminer sa rivale et à vous faire accuser de tous les crimes que le corbeau a commis ! D'ailleurs, un moment elle a invoqué le témoignage d'un des cousins Maugier qui lui aurait rendu visite pour lui dire que lui aussi soupçonnait M. Pignon ! »

M. Pignon foudroya les garçons du regard.

« Je suis allé la voir, en effet, reconnut Michel, et elle a tout fait pour orienter mes soupçons sur M. Pignon. Il est vrai qu'à cause des sept non barrés... nous avons cru un instant que...

— Vous avez cru, quoi, *au juste* ? tonna M. Pignon.

— Ne vous fâchez pas, mon ami, intervint Mme Ribert. Je dois vous avouer qu'à cause d'une photographie, j'ai bien cru moi aussi... que vous pouviez être un dangereux gangster, à qui j'avais eu affaire... il y a quelques années ! »

M. Pignon s'effondra littéralement sur une chaise. Il manquait d'air ! Mme Ribert se précipita et lui fit boire un grand verre d'eau.

Le brigadier reprit, après avoir laissé l'incident se calmer :

« Qu'est-ce que c'est que cette histoire de "sept non barrés" ? »

Il fallut lui expliquer la découverte de Michel, le piège tendu le soir de la réunion du Syndicat d'initiative et son résultat : seul M. Pignon ne barrait pas ses sept !

« Mais... j'ai appris à lire et à écrire en Angleterre ! protesta l'intéressé. Je suis né là-bas, où mon père était ingénieur ! Mais je suis français, tonnerre !

— Calmez-vous, monsieur Pignon, conseilla le gendarme. Personne ne songe à vous accuser de quoi que ce soit. Mais le détail des sept éclaire la façon dont les lettres anonymes ont été écrites. Cora Périni nous a avoué qu'elle a décalqué les caractères de la dernière lettre de menace, sur vos propres caractères, de manière à vous faire accuser. Puisque vous vous intéressiez à Mme Ribert, croyait-elle, elle n'avait plus aucune raison de vous ménager ! Les premières lettres, elles, étaient aussi décalquées sur les adresses des enveloppes que vous lui donniez, de manière à déguiser l'écriture du corbeau, mais elle avait quand même modifié certaines choses afin que vous ne soyez pas accablé par l'évidence ! Seulement, en calquant, elle a recopié vos sept... des sept non barrés, nous savons maintenant pourquoi !

— Est-il possible, mon dieu, est-il possible ! gémit M. Pignon.

— Nous avons reçu ce matin une visite intéressante qui a achevé d'éclairer notre lanterne. Un certain Marcel, un pauvre garçon pas très malin que Cora a utilisé pour un certain nombre de mauvaises actions. Comme de crier "Croa !" sur le passage de Mlle Ribert. C'est même à cause de l'intervention des Maugier, m'a-t-il dit, qui avaient pris la défense de Cécile Ribert, qu'il a accepté d'allumer trois feux de Bengale, à une heure convenue, derrière la ferme pour faire croire à un début d'incendie. Mais c'est la Périni qui a téléphoné à l'épicerie, en utilisant la cabine publique de la mairie, pour attirer hors de la grange les jeunes gens qu'elle avait vus s'y glisser un soir. Bien sûr, Cora Périni avait convaincu ce garçon qu'elle n'était pour rien dans l'incendie de la grange Maugier. Mais ce matin, apprenant l'incendie de l'épicerie, il a compris que le jeu devenait trop dangereux. C'est lui également qui avait été averti par son camarade, le télégraphiste de Châteauneuf, de la présence d'une lettre anonyme entre les mains du receveur des Postes. Marcel a vu là une occasion. Il est allé réclamer la lettre et l'a portée à Cora Périni. Lorsque j'ai confronté celle-ci et Marcel, nous avons eu toutes les peines du monde à empêcher Cora de lui griffer le visage, sinon de lui crever les yeux ! C'est fou, quand on y pense, le stock d'injures dont dispose cette petite femme !

— C'est surtout une malheureuse, je crois, déclara Mme Ribert.

— Il est certain que son long célibat, passé à ressasser ses griefs imaginaires contre vous, madame, lui a quelque peu dérangé la tête. Il est possible que le juge d'instruction décide qu'elle doit avant tout recevoir des soins appropriés... Ce qui signifierait qu'elle ne passerait pas en jugement.

— C'est la grâce que je lui souhaite », soupira l'épicière.

Le brigadier et son subordonné prirent

congé. Il y aurait plus tard des dépositions à signer, mais rien ne pressait.

Les jeunes gens saluèrent Mme Ribert et M. Pignon qui semblait décidé à aider l'épicière à achever le déblaiement de la grange-entrepôt.

⁂

Dans la cour de la ferme des Tuiles, adossés à l'enclos de Jules qui rumine sagement, les jeunes gens discutent de l'affaire.

« Vous vous rendez compte, s'exclame soudain Arthur. Non seulement nous avons résolu l'énigme du corbeau, mais encore nous avons enrichi les mathématiques d'une importante découverte ! »

Encore un peu abasourdis par les événements de la nuit, les autres réagissent mollement.

« Une importante découverte, en mathématiques ? répète Daniel. Et laquelle ? »

Arthur prend une attitude exagérément sérieuse et déclare d'un ton doctoral :

« Laquelle ? mais tout simplement une nouvelle manière de faire la preuve ! Nous n'avions jusqu'ici que la preuve par neuf... nous avons maintenant, grâce à Michel, *la preuve par sept*... et qui plus est... *par sept non barrés !* »

Michel sourit. Avec Arthur, il faut toujours s'attendre à une plaisanterie de ce genre. Pour ne pas être en reste il intervient :

« Tu as raison, Arthur, nous allons faire une communication à l'Académie des sciences... mais, pour rester dans l'atmosphère... cette communication sera... *anonyme* ! »

Tout à coup, Dora gronde, curieusement. A l'entrée de la cour, elle menace pour rire un adorable chiot qui s'obstine à lui mordiller les pattes.

Cécile est venue montrer à ses amis le petit fox-terrier que les Salmon viennent de lui apporter...

Mais, peut-être aussi, pense Michel, pour vérifier si vraiment... *Florent a un œil pour elle* !

IMPRIMÉ EN FRANCE PAR BRODARD ET TAUPIN
Usine de La Flèche, 72200.
Dépôt légal Imp : 1348H-5 – Edit : 4559.
20-07-8700-01-5 – ISBN : 2-01-018963-9.
Loi nº 49-956 du 16 juillet 1949 sur les publications destinées à la jeunesse.
Dépôt : juin 1993.